부하들의 반란!

아델 랭 · 앤드류 매스터슨 | 정혜정 옮김

**별자리로 알아보는
못 말리는 사장 다루는 법!**

도서출판 청어람

CONTENTS

사장들은 왜 모두 그토록 못 말리는 성격을 지녔을까? 어머니의 뱃속에서부터 고운 마음씨는 제거된 채로 태어났을까? 어릴 때 누군가가 벽장에라도 가둔 것은 아닐까? 혹시 기숙사에서 사감 선생에게 두들겨 맞고 살진 않았을까?

미안하지만 그들이 못 말리는 성격을 지니게 된 이유는 슬프고 안타까운 성장 과정 때문이 아니다. 기약없는 승진과 임금 인상을 기다리다 보니 성격이 점점 변해간 것도 아니다.

부모들이 한창 사랑을 나누느라 정신이 없어 자신들의 행위 때문에 미래의 수많은 노동자들이 비탄에 빠져야 하리라고는 생각지도 못하던 바로 그 순간, 이미 별들의 움직임은 꼬마 사장의 못 말리는 성질을 예정했다. 즉, 직장 사장들은 못 말리는 성질을 타고난 것이다.

열 달 동안 내내 입덧으로 어머니를 괴롭히는 작은 씨앗은? 한창 뱃속에서 자라는 게자리 사장이다.

안기만 하면 오줌을 싸는 귀여운 꼬마는? 세상에 나온 쌍둥이자리 사장이다.

팔로 시험지를 가린 채 열심히 답을 쓰고 있는 배신자 공부벌레는? 온몸에 처녀자리 사장이라고 씌어 있다.

친구의 도시락을 뺏어먹고는 그가 울자 건강을 위해서였다고 뻔뻔스럽게 말하며, 울음을 그치지 않거나 누구에게 이르면 옷장에 가둬 버리겠다고 협박하는 불량 소년은? 사무실어 처음 출근한 양자리 사장의 풋내기 소년 시절 모습이다.

『부하들의 반란!』에서는 사장들의 모든 것을 파헤친다. 물론 이 책의 도움을 받을 일이 없다면 가장 좋겠지만 그들과 함께하는 직장 생활은 그리 만만하지가 않다. 그렇다고 일주일에 최소 36시간을 사장과 보내며 생지옥을 경험하는 여러분에게 그들의 못 말리는 습성까지 일부러 기억하라는 얘기는 아니다. 다만 점성학적으로 정확하지는 않더라도 이 책을 읽으면서 사장을 마음껏 비웃을 수는 있지 않겠는가.

특히 참고 도서 항목에 『부하들의 반란!』을 슬쩍 끼워 넣어 사무실 비품 구입비로 산다면 통쾌함이 배가될 것이다.

여러분은 사장들이 어떻게 못 말리는 성미가 되었는지, 어떻게 하면 그들을 긴장시킬 수 있을지를 이 책을 통해 알 아낸 후 그 내용을 적용해 최고의 자리를 노리 게 될지도 모른다. 그것이 아니더라도 최 소한 실직자 사무소에서 명단의 제일 위에 이름을 올릴 수는 있을 것이다.

물론 못 말리는 사장들에 대한 전문가들의 철저하고 예리한 분석과 조언이 당장 도움되는 것은 아니다. 또한 형편없는 월급과 사장의 무관심, 실직자 사무소에 갈 때마다 따라다닐 놀랍도록 간단하고 형식적인 추천서와 같은 난관을 없애주지도 못한다.

그래도 도움이 되는 부분이 있다면 사장들도 역시 인간이라는 사실이 주는 작은 위안 정도이다. 그들에게도 부양할 아이들이나 갚아야 할 대출금, 불편한 시댁, 혹은 처가 식구들이 있다. 그들도 치질에 걸리며 장례식장에서 눈물을 흘린다. 그들도 감정이 있는 것이다.

그러나 자신을 속이지 말라. 사장이 친절해지는 때는 해고된 이후뿐이다.

P.S. 우리들의 현재와 미래의 사장님들께
☞ 이 책의 내용은 모두 진실이 아닙니다. 우리의 목적은 오직 돈이지요.
P.P.S. 그래도 당신들은 역시 인색하고 답답한 인간들이랍니다.

1장 *Fire Signs*

불의 기질을 지닌 화상궁!

양자리

학명 : *Aries*   약자 : *Ari*   영문 : *Ram*

위치 : 적경 2시 30분 적위 북 20도   면적 : 441도

사자자리

학명 : *Leo*   약자 : *Leo*   영문 : *Lion*

위치 : 적경 10시 30분 적위 북 15도   면적 : 947도

사수자리

학명 : *Sagittarius*   약자 : *Sgr*   영문 : *Archer*

위치 : 적경 19시 00분 적위 남위 25도   면적 : 867.4도

최근의 어떤 조사에 따르면 자발적으로 직장을 그만두는 사람들이 점점 늘고 있다고 한다. 또 수천 명의 여성들이 중간 관리직을 떠나 아이 가지는 문제를 신중히 고려하고 있고, 일부 남성들은 이제 그만 곡괭이나 삽, 혹은 신경 안정제를 내려놓고 아침 드라마를 보며 비웃음거리가 될 준비를 하고 있다.

이 모든 사태의 원인은 대체로 화상궁인 사장들을 두었다는 데 있다.

불쌍하고 운이 나쁜 종업원들의 근본적인 비극은 화상궁 사장들이 자신의 직책을 너무 진지하게 받아들인다는 사실이다. 화상궁 사장들은 자기들보다 돈을 적게 버는 모든 사람들을 지배하면서 겁을 주고 괴롭혀도 되는 자격을 가지고 태어났다고 믿는다.

　우리는 이러한 화상궁 사장들을 쉽게 찾아볼 수 있는데 군화를 신고 빠른 걸음으로 쿵쾅거리며 다가와 큰 소리로 명령을 내리는 이들을 볼 수 있다.

　이들의 뒤를 따르는 심복들은 두 부류로 나뉜다. 상관의 말에 결코 토를 다는 일이 없어 정말 뇌가 있는지조차 의심스러운 바보이거나, 정직하고 입바른 소리를 잘하는 직원들이 모두 해고된 뒤에도 남아 있는 비굴한 아첨꾼이다. 아니면 36시간의 노동을 당연하게 생각하고 좋아해서 회사에 남은 사람이거나, 이처럼 고약한 사장 밑에서 즐겁게 일하는 척하기보다 수면제 중독을 가장해서라도 퇴직하여 아침드라마를 보는 일이 훨씬 낫다고 진심으로 믿는 사람들이다.

양자리

☞ 황도상의 첫 번째 자리에 있는 별자리로 워낙 작고 어두워서 찾기가 쉽지 않다. 10월에서 12월 사이에 밤하늘을 보면 작고 귀여운 삼각형 모양의 별자리가 보이는데 이것이 양의 머리이다.

사자자리

☞ 태양이 사자자리에서 가장 멀리 있는 2월에서 4월경까지 볼 수 있는데 이 별자리를 찾으려면 먼저 국자 별인 북두칠성을 찾아보는 게 좋다. 북두칠성에서 국자의 손잡이가 시작되는 별을 따라 내려가면 좌우가 바뀐 물음표 모양의 별자리가 나타나는데 이것이 사자의 머리 부분이고 그 뒤에 따라오는 직삼각형 모양이 꼬리 부분이다.

사수자리

☞ 사수자리를 관측하기 가장 좋은 시기는 6월 중순부터 8월 중순 사이이다. 이때는 은하수가 가장 아름답게 하늘을 수놓는 시기인데, 이 은하수의 중심부에 주전자 모양의 사수자리가 있다. 마치 은하수를 뭉쳐 놓은 것처럼 환한 불을 켜며 사수자리는 하반신이 달리는 말의 모습을 하고 있고, 상반신은 활을 당기는 모습을 하고 있다.

책상 위로 고개를 바짝 숙인다. 사각의 책상 위는 사무실에서 유일하게 모래주머니로 둘러쳐진 안전 지대다. 신경 안정제의 약 기운은 제대로 돌고 있고 여차하면 쓸 수 있게 캐모마일[1] 티백도 준비했다. 마음을 안정시킨다는 고래 울음소리가 이어폰을 통해 고요히 들려온다. 잠시 동안 더없이 행복한 순간을 만끽하며 긴장을 풀기 시작한다. 펜을 들고 간단한 서류 작업을 할 수 있을 만큼 손 떨림 현상도 진정된다.

그러나 평화도 잠시, 또 시작이다. 문이 부서질 듯 닫히면서 창문이 마구 흔들린다. 급한 성미가 폭발한 것이다. 입에 담기

---

1) Chamomile : 진정 작용이 있는 허프의 일종

불의 기질을 지닌 화상궁!

힘든 말들이 복도에 메아리치고 뒤이어서 스테이플러와 쓰레기통, 1만 5천 달러짜리 복사기가 마치 지대공 미사일마냥 하늘로 치솟았다가 바닥으로 추락한다.

준비해 둔 캐모마일 차로 마음을 다스리고 남은 신경 안정제도 모두 입에 털어 넣는다. 지난 6개월 동안 종이 클립을 펴서 만든 꼬챙이로 열심히 판 비밀 통로와 환기구를 통해 두터워진 옆 사무실 동료들과의 형제애가 빛을 발할 시점이다. 그러나 슬프게도 아직 발목에 감긴 쇠사슬을 끊지 못한 당신은 자리를 떠날 수가 없다.

성질 급한 사장이 돌풍을 일으키며 혼자 있는 당신의 앞으로 들이닥친다. 그는 수염을 곤두세우고 눈을 부라리며 흰색의 얇고 네모난 무언가를 유난히 무섭게 흔들어댄다. 다시는 예전처럼 즐거운 마음으로 A4 용지를 볼 수 없을 것만 같다.

이런 젠장! 그 용지는 당신이 낸 휴가 신청서이다. 완전히 잊어버리고 있었던 것이다.

마음을 졸이면서 1년 365일 등이 휘게 일한 당신이다. 잠시 신경을 안정시키고 피로를 회복할 주말 휴가가 필요한 것이 당연하다.

그러나 항상 그렇듯 당신의 양자리 사장은 그 신청서를 묵살해 버린다. 그것도 아주 요란스런 방법으로 말이다. 사장 자신의 표현으로는 그것을 신체적 의사 표시라고 한다.

임시 변통으로 만든 벙커에 머리만 들이밀고 있는 당신을 끌어내는 소리가 들린다.

부하들의 반란!

"책임감은 어디다 팔아먹은 거야?! 충성심은 도대체 어디로 간 거지?!"

그가 당신을 향해 속사포를 마구 쏘아대자 당신은 책상과 함께 날아가 낡은 벽에 꽂힌다. 꽃에 물을 주러 들어온 관리인이 어리둥절한 표정으로 바라본다.

"자네, 정신 질환이란 말이 뭔 줄 아나? 그런 쓰레기 같은 생각을 머리 속에 담고서 설마 모른다고 하진 않겠지?"

양자리 사장이 고함을 지르며 결정타를 날린다. 배짱이라도 좀 있어보라며 상처에 소금까지 뿌린다. 당신은 차마 입 밖으로 내지는 못하고 이렇게 생각한다.

'말은 쉽지요.'

그리고 괴로운 표정으로 두꺼운 나일론 카펫을 밟으며 양자리 사장을 따라 그의 사무실로 천천히 걸어간다. 그 다음에 일어난 일은 엄격한 출판 검열 제도 때문에 자세히 전할 수 없다. 다만⋯ 무시무시한 비명과 무언가 깨지는 소리가 사무실 문과 환기구를 통해 밖으로 흘러나왔다는 사실만 말하겠다.

몇 시간 후, 당신은 처참한 몸을 이끌고 유일한 안식처인 책상

불의 기질을 지닌 화상궁!

앞으로 돌아온다. 그때 못 말리는 양자리 사장이 예의 그 하얗고 네모난 종이를 흔들며 또다시 나타난다. 당신이 방금 전에 제출한 노동자 사고 보상 신청서이다.

갑자기 몇 안 남은 치아가 평소보다 심하게 딱딱 마주치기 시작한다. 사장은 온도가 높으면 직원들의 생산성이 낮아진다는 기사를 읽은 뒤로 사무실 난방 온도를 항상 영하 3도에 맞춰놓는다.

당신은 죽음보다 잔인한 운명을 피해보려고 다리를 죄고 있는 사슬로 목을 매려 한다. 그런데 변덕스러운 당신의 사장이 이번에는 백기를 흔들며 화해의 커피를 마시자고 다가온다. 비록 일시적이기는 하나 휴전의 의미로 책상에 연결된 사슬도 기꺼이 풀어준다. 양자리 사장의 사전에 반성이란 단어는 없으며 직원들이 자신을 나쁘게 본다고는 꿈에도 생각하지 않는다.

이런 갑작스런 긴장 완화의 상황으로 인해 당신은 혼란에 빠진다. 정신과 의사는 카페인이 신경계를 혼란스럽게 하므로 커피를 줄이라고 했다. 그러나 화해의 커피를 마시지 않으면 사장은 인색하고 속이 좁은 냉담한 사람이라면서 당신을 몰아세울 것이다.

국제사면위원회2)와 적십자, 러시 림보3)에서 인간의 존엄성을 무시하는 범죄라고 규정할 만한 일도 양자리 사장에게는 어쩌다

---

2) Amnesty International : 민간 인권 운동 단체
3) Rush Limbaugh : 미국의 라디오 정치 토크 쇼

부하들의 반란!

화가 나서 저지른 작은 실수일 뿐이다.

"그때는 미안하게 됐네. 잠깐 이성을 잃었던 것뿐이야. 이 정도의 일을 마음에 담아두진 않겠지? 그만 털어버리는 게 어떻겠나?"

당신은 이런 질문들에 솔직하게 대답해서는 안 된다는 사실을 이미 안다. 그렇기에 아프리카 독재 정권의 부당한 요구를 거부할 때 유엔의 노련한 중재자가 짓는 표정을 하고 맹렬히 고개를 끄덕인다. 빗발치는 포화를 또다시 맞고 싶지 않다면 달리 선택의 여지가 없는 것이다. 다만 사장이 잡아 흔들고 있는 손만은 좀 빼고 싶다. 그 손에는 일회용 반창고와 소독 약 대신 휴지 몇 장이 대충 감겨 있기 때문이다.

양자리 사장 밑에서 당신은 일이 아니라 전쟁을 치르는 셈이다. 대장은 『플래툰4)』과 같은 전쟁 영화를 많이 본 미치광이 베트남 참전 용사이고, 적진이 코앞이라 오도 가도 못하고 있다.

당신이 점심 시간이라 부르고 있는 15분을 양자리 사장은 분대 사격 중지라고 한다. 퇴근은 무단 외출이고 실업 수당을 지급하는 일은 분대 사격 중지의 일종이지만 복귀 명령은 없다(주의 : 작은 국가의 독재자들이 체제 유지의 도구로 양자리들이 지휘하는 단체들을 이용한다는 사실은 결코 우연의 일치가 아니다. 양자리 사장들

---

4) 베트남 전쟁을 다룬 올리버 스톤 감독의 영화

불의 기질을 지닌 화상궁!

대부분이 자원 입대를 한 적이 있거나 현재도 군인인 경우가 많다는 사실 역시 우연으로 돌려서는 안 된다).

양자리 사장들은 특별한 인맥이나 아첨으로 높은 지위에 오른 것이 아니다. 그들은 연기가 푹푹 나는 불도저와 몽둥이, 탱크로 자신의 길을 개척했다. 그리고 그들은 고지를 함락하는 맛을 한 번 보고 나면 결코 멈추지 않는다. 직원들이 너무 자주 바뀐다는 경리 직원의 말에도 아랑곳하지 않는다.

실수는 있을 수 없다! 양자리 고용주들은 헌신적인 직원을 좋아한다. 이 노예 소유주 같은 사장 밑에서 오래 버티고 싶다면 가장 가까운 친구에게 압력을 가해서라도 이 경계가 삼엄한 정신 병원에서 나가 휴식을 취하도록 노력해야 한다. 연차 휴가가 있다면 그것이라도 써야 한다.

그러나 그 친구는 지난 365일 동안 당신과 너무 멀어졌다고 느껴 부탁을 거절한다. 그렇게 느끼는 것은 너무 당연하다. 근무 시간 동안에는 사적인 전화나 대화가 절대 허용되지 않기 때문이다.

아무리 열심히 노력해도 당신은 결코 사장의 신임을 얻지 못한다. 양자리 사장들은 자신의 손이 닿지 않으면 제대로 되는 일이 없다고 생각하기 때문이다.

그러나 당신은 여기에 결코 동의할 수 없다. 정말로 그렇다면 다음날 있을 회의 준비로 자료를 조사하고 72쪽이나 되는 문서를 작성해서 철하느라 사흘 밤을 샐 필요가 없었다. 그리고 12쪽에 생긴 코피 자국 때문에 직원 식당에서 공개적으로 망신을 당

부하들의 반란!

하는 일도 없었을 것이다. 사장은 그 많은 직원들 앞에서 이렇게
말했다.

"뭐 하나 믿고 맡길 수가 없군."

당신은 자신이 작성한 서류 때문에 무참히 깨지면서도 이런
생각으로 슬픔을 달랜다. 자신이 사장에게 깨지는 것처럼 손에
들린 이 빌어먹을 커피 잔도 깨졌으면 좋겠다고 말이다.
울화통을 터뜨리며 분풀이를 하고 난 사장은 시계를 쳐다보고
당신이 책상을 비운 지가 벌써 15분이나 지났다는 사실을 깨닫고
는 당장 자리로 돌아가라 명령하며 이렇게 덧붙인다.

*"그건 그렇고, 자네는 왜 그렇게 만신창이로 바닥에 누워 있는
건가? 해야 할 일이 있다는 걸 잊어버린 건가?"*

월급을 올리는 방법

거의 불가능한 일이다. 양자리 사장에게 월급을 올려달라고
말해 보라. 그러면 사장은 천장까지 펄쩍 뛰어오르면서 이렇게
말할 것이다.

"내가 분명히 말하지 않았던가?! 자네는 그럴 자격이 없어. 회

불의 기질을 지닌 화상궁!

사에서 자넬 고용하며 무슨 말을 했었는지는 상관없네. 자넨 취업이 된 것만으로도 행운이라 생각하게!"*

그래, 인정하자. 더 심한 사장이라면 당신의 귀를 잡고 밖으로 끌어냈을지도 모른다. 돈을 더 달라고 뻔뻔스럽게 굴었으니 말이다.

승진하는 방법

양자리 사장의 조직에서 승진이란 없다. 다만 좌천이 있을 뿐이다. 사장의 시각에서 보면 당신은 쓸데없이 공간만 차지하고 화장실 청소 하나 믿고 맡길 수 없는 사람이다(화장실 청소는 노동자 사고 보상 신청서를 발견한 사장이 최근에 당신에게 할당한 임무다). 임금 인상 이야기가 올라갈 수 있는 가장 높은 곳은 당신의 목구멍까지가 고작인 것이다.

못 말리는 사장을 몰아내는 방법

지독한 공포를 극복한다면 당신은 분명히 승진할 수 있다. 그러나 못 말리는 양자리 사장을 쫓아내려면 용기있는 직원들이 많이 필요하다. 그리고 불시에 습격을 감행해야 한다.

부하들의 반란!

그러나 직원들은 난방 장치 주위에서 떠나기를 거부한다. 우리가 어떻게 그런 군대를 일으킬 수 있느냐는 비관적인 소리도 들린다.

못 말리는

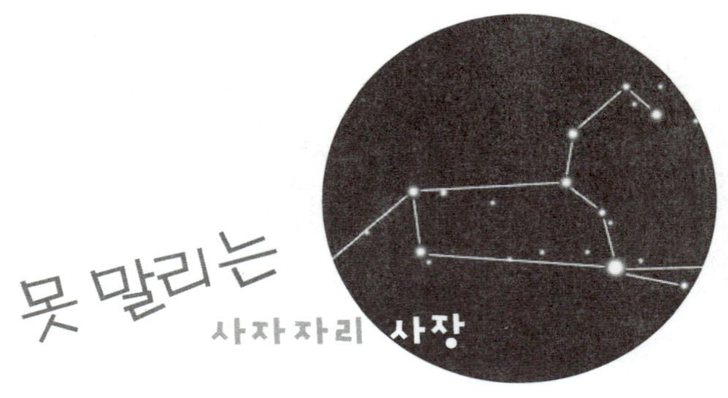

사자자리 사장

못 말리는 다른 열한 별자리 사장들과는 달리 사자자리 고용주들은 공평하고 공정하며 실수에 관대한 데다 항상 도움을 주며 친절하기까지 해 함께 일하기에 아주 좋은 사람이다.

당신이 이 문장을 기억하며 받는 연봉은 약 2천만 원에서 4천만 원이다. 그 대가로 이것을 아침저녁으로 교리 문답처럼 외워야 한다(그러나 근무 시간에는 걱정할 필요가 없다. 당신의 사자자리 사장이 수시로 기억을 환기시킬 테니 말이다). 근무 시간 내내 이 신성한 존재를 위해 힘써 일하는 당신이 얼마나 특별한 은혜를 입었는지 생각하라. 그러면 은행 대출 담당자가 만족할 만큼 오랫동안 직장에 붙어 있게 되고 당신이 그토록 원하는 주택

부하들의 반란!

마련의 꿈을 이룰 수 있게 될 것이다. 의심하는 도마[5]나 테리 (Terry), 타냐(Tanya), 타비다(Tabitha)들에게는 재앙이 있을지어다.

당신은 '내가 왜 사실도 아닌 일을 공공연하게 말하는 거지?' 라고 생각한다. 그리고 스스로 답을 생각해 내기도 전에 마음이 먼저 '그 망할 대출을 받기 위해서야' 라고 말한다. 생각해 보라! 조금만 양심을 버린다면 당신은 방 세 개에 욕실과 오락실, 붙박이장이 있는, 벽돌과 타일로 지은 집의 자랑스러운 주인이 될 수 있다.

당신을 비롯한 직원들과 못 말리는 사자자리 사장의 관계는 눈 멀고 입 막힌 시종[6]과 L. 론 허바드[7], 교황, 혹은 다른 괴상한 종교 지도자의 관계와는 다르다. 물론 당신은 그들을 위해 공항에서 꽃을 팔거나 쇼핑몰에서 설문지를 돌리는 일은 물론이고, 우스꽝스러운 방탄차를 몰고 로마 주위를 돌 수도 있다. 그리고 못 말리는 사자자리 사장의 보살핌 속에 사장의 가마를 나르고 그의 사무실에 있는 전면 거울을 닦으며, 손을 모으고 기도하거나 위대한 그분이 건물에 들어올 때마다 박수를 치는 등 전혀 중요하지 않은 일도 얼마든지 할 수 있다.

---

5) Thomas : 예수 그리스도의 열두 제자 중 한 사람으로 부활한 예수를 만나고도 손의 못 자국과 옆구리의 상처를 만져 보고야 믿어서 의심이 많은 사람의 대명사가 되었다
6) 가톨릭에서 미사나 기타 예식 집전자를 거드는 사람
7) L. Ron Hubbard : 사이언톨로지(Scientology)교의 창시자

불의 기질을 지닌 화상궁!

그러나 바보 같은 숭배자들의 대열에 합류한 아첨꾼들과는 달리 당신의 동기는 믿음이 아니라 오직 돈이다. 당신이 무슨 말을 한다 해도 이 사실은 변하지 않는다.

사자자리 사장이 지휘하는 조직에는 무슨 일이 있어도 지켜야 할 규칙이 있다. 이 조직은 존경심을 바탕으로 구성되었지만 그것은 단 한 사람, 즉 사장만을 향해야 한다.

회사에서는 '내가 당신을 얼마나 사랑하는지 알고 계십니까?'라던가 '사장님이 나가신다' 또는 '허바드님이 살아 계셨다면 당신을 정말 자랑스러워하실 겁니다'와 같은 말들이 오갈 것이다. 이런 말을 하는 당신의 마음이 얼마나 진실한지, 21세기의 사무실에서 셰익스피어나 성경, 다이아네틱스[8]에서 말하는 내용이 얼마나 우스꽝스럽게 들릴지는 상관없다. 다만 사자자리 사장은 당신의 말을 진심으로 받아들일 뿐이다.

그리고 당신도 그 말을 일부분이나마 믿고 있다. 은행 대부금을 갚기 위해 매일 밤 거짓 칭송을 연습하기 때문이다(게다가 평상복과 운동화, 텁수룩한 머리와 화장기 없는 얼굴로 다닐 수 있게 허락된 직장은 이곳뿐이다. 그래야 귀하신 분이 한층 돋보이지 않겠는가).

어색한 미소를 띠고 고개를 조아리며 사무실 주위를 서성대는 당신의 진심을 그처럼 총명하신 분이 의심하지는 않을까? 그런 걱정은 접어두라. 사자자리 사장은 당신이 직장에 너무나 만족한 나머지 그런 행동이 우러나왔다고 굳게 믿어줄 것이다.

---

8) Dianetics : 론 허바드가 쓴 사이언롤로지의 성서로 간주되는 책

부하들의 반란!

안타깝게도 사자자리 사장들은 자신이 전지전능하고 박학다식하며 무소부재하다고 생각한다. 그리고 자신이 메시아라는 생각에 사로잡혀 있다. 그런 그들은 요즘 같은 세상, 특히 독단과 기만이 가득한 사업 세계(광고계, 정치 단체, 종교 집단 등)에서 최고의 주가를 누린다. 그 옆에서 당신은 그저 자신을 탓할 뿐이다. 당신은 돈을 위해 어쩔 수 없이 스스로 프랑켄슈타인이 되었고, 황제의 새 옷을 부러워한 나머지 악마에게 당신의 영혼을 팔았다.

당신이 만일 다른 사람들의 맹목적인 믿음에 용감하게 의문을 제기한다면 사자자리 사장은 당신을 불신자, 죄인 중의 죄인, 성격에 아주 문제가 많은 이교도로 낙인찍을 것이다. 그러나 이성이 있는 사람이라면 그 말에 동의할 수밖에 없다.

사람들은 건물 꼭대기 층에 있는 사무실을 좋아한다. 또 경호원과 미용사, 분장사, 개인 비서, 홍보 담당자, 조명 기술자로 구성된 그룹을 곁에 두고 황홀한 기분으로 회의에 들어가기를 즐긴다. 그리고 직원이 '여기에 사인해 주십시오' 라고 말하며 서류를 내밀 때의 그 자랑스러운 기분을 즐긴다.

모든 살아 있는 전설적인 인물들이 그렇듯 사자자리 고용주들도 가끔 당신의 이야기를 들어주고 상담해 줄 때가 있다. 회사 경영권을 취득한 자신의 탁월한 능력을 자랑하지 않을 때나 산꼭대기에서 신을 만나고 난 후가 그때이다. 이것은 다른 결점을 상쇄시키기에 충분하다. 다만 당신이 남자 친구에게 차였다는 말에 '내 아내와 아이들과 개를 잃은 그 끔찍한 사고가 생각나는군' 이

불의 기질을 지닌 화상궁!

라든가 '올해의 비서' 상을 탔다는 당신의 말에 '내가 노벨 평화상을 타던 순간엔 말이지' 라면서 한술 더 뜨지만 않는다면 말이다.

당신은 도대체 그런 정신 자세와 선입견으로 사자자리 사장들이 어떻게 일을 해내는지 궁금해질 것이다. 그러나 명심하라! 그들은 일을 하지 않는다. 당신을 고용해서 일을 맡긴 다음 당신의 탁월한 아이디어들을 가져갈 뿐이다. 당신이 계획한 거대한 사업에 전 세계 언론이 폭발적인 관심을 보이면 친절한 미소를 띤 사자자리 사장이 기자 회견을 대신한다. 망상에 빠져 있기도 하지만 무엇보다 사진을 찍고 싶어 안달이 나기 때문이다.

사장들은 당신의 대박(아이디어)을 훔쳐 간다. 그런데 사자자리 고용주들은 거기서 한발 더 나아가 그 대박을 자신이 만들었다고 주장한다. 당신이 백과사전을 들고 가서 대박은 큰 배를 의미하며, 백 번 양보해서 사장님이 만들었다고 해도 사장님은 조선업자가 아니지 않느냐고 말하면 사자자리 사장은 이렇게 묻는다.

"그래서 하고 싶은 말이 뭔가?"

당신은 대출금을 못 갚아도 상관없다는 심정으로 백과사전을 다시 뒤적이며 태양계는 어떤 개인이 아니라 태양을 중심으로 돈다고 말한다.

못 말리는 사자자리 사장은 당신을 자기 사무실로 끌고 가서 금 이파리로 장식한 강단 앞에 있는 기도용 자리에 꿇어앉힌다.

부하들의 반란!

그리고 구름 위까지 뻗은 나선형 계단을 올라가며 자신을 능가하려 한 당신을 꾸짖는다.

자포자기의 심정인 당신은 근로자의 의무라는 모자를 벗어 손에 들고 눈도 깜짝하지 않은 채 모든 죄목을 부인한다. 당신이 불손하게 빤히 쳐다보고 있자 사장은 당신이 자기를 사랑한다고 믿어버린다. 그러나 사자자리 사람들은 원래 사랑받기를 좋아하므로 큰 문제는 없을 것이다.

월급을 올리는 방법

사무실 건물에 하나뿐인 커다란 은색별이 매달린 문을 머뭇거리며 두드린다. 주춤주춤 안으로 들어가서 가능하면 감정을 나타내지 말고 허리를 약간 굽히거나 공손히 절을 한다. 그리고 사장에게 감사의 표시로 작은 선물을 건넨다. 너무 화려하지 않으면서 세련되고 정성 어린 선물이 좋다.

뇌물로 받아들여지지 않도록 주의하는데 한정 판매된 몽블랑 펜이나 노먼 록웰[9]의 석판화, 혹은 롤렉스 시계가 아주 적당할 듯싶다.

이제 당신의 입에서 나오는 엄청난 거짓말이 자연스럽게 봉급 인상에 대한 요구로 이어지도록 한다. 예를 들면 이렇다.

9) Norman Fockwell(1894~1978) : 대중적인 화풍으로 널리 사랑받았던 미국의 인쇄물 미술가

불의 기질을 지닌 화상궁!

"세상에! 저는 당신처럼 귀한 분과 이렇게 한방에서 같은 공기를 마시고 있다는 사실을 믿을 수가 없습니다. 20퍼센트 임금 인상이 가능할까요? 부탁드립니다."

임금 인상의 실현 여부는 중요하지 않다. 점점 더해가는 위선과 용서받을 수 없는 아부를 통해 최소한 한 달은 직장에서 잘리지 않고 대부금을 갚을 수 있게 될 것이다.

승진하는 방법

멍청하게 행동한다. 어수룩하게 보이도록 노력한다. 튜렛증후군[10]이 있는 사람처럼 행동한다. 일부러 절뚝거린다. 모든 사람들이 당신을 싫어하고 피하도록 하며, 고의적으로 당신의 어머니는 여성 해방 운동가이고 아버지는 조세 검사관이라고 믿게 한다.

산업 재해로 외모를 망가뜨려 엘리펀트 맨[11]의 사촌쯤으로 보이게 해서 사람들이 당신을 더욱 싫어하도록 만든다. 그러면 당신의 사자자리 사장은 자신에게 위협이 되지 않는다고 판단하고

---

10) Tourette's Syndrome : 경련(tics)이라고 불리는 음성 통제 불능과 반복된 무의식 행동에 의해 특성화된 신경 장애
11) Elephant Man : 19세기 런던에 실존했던 무시무시한 기형아

부하들의 반란!

무리에서 떼어놓기 위해 즉시 승진시킬 것이다. 물론 자만이나 허세가 통한다면 그만두겠다고 말하는 것만으로도 승진할 수는 있다.

못 말리는 사자자리 사장이 대대적인 추앙을 받으며 바다를 가르듯 복도를 걸어올 때를 잘 포착하라. 바로 당신이 돼지농장 주에서 랍비[12]로 승진할 수 있는 절호의 기회이다. 다시 말해 그가 최근에 공석이 된 회장 자리로 승진하면서 적선하듯 자신의 자리를 당신에게 물려줄 가능성이 큰 순간인 것이다.

그러면 당신은 말단 직원이었을 때와 똑같이 비참한 기분이 들겠지만 이번에는 대부금만은 확실히 갚을 수 있겠다고 생각하며 진심으로 이렇게 말할 수 있게 된다.

"하느님, 정말 당신은 못 말리겠군요."

---

12) 직업적인 유대교 지도자

불의 기질을 지닌 화상궁!

못 말리는

11월 23일~12월 21일

역사는 시치미를 떼고 있다. 모호하게만 들리는 팀워크라는 계몽 운동의 미명 하에 직원들이 가족을 떠나 황폐하고 거머리가 득실거린다는 황무지에서 엉덩이에 밧줄을 묶은 채 깎아지른 절벽을 헐떡거리며 기어오르도록 해야만 사업이 잘 운영된다고 믿는 괴상망측한 생각을 처음 한 사람이 도대체 어떤 성격의 소유자였는지 말이다.

그러나 아무리 역사가 모른 척해도 그 사람이 못 말리는 사수자리 사장이었다는 사실은 의심의 여지가 없다.

여기서 우리는 네로가 사수자리였고 사수(Sagittarius)와 현자(Sage)라는 단어가 같은 라틴어에서 파생되었다는 사실을 지적하지 않을 수 없다. 이 사실은 순전히 우연의 일치이자 어원학의 변

부하들의 반란!

칙적인 사례 가운데 하나일 뿐이다.

그러나 아침 일찍 섬뜩한 기운과 활력이 넘쳐 눈을 번득이며 사무실 문을 벌컥 열고 나와 녹색 사격용 조끼를 어깨에 걸치면서 '여보게, 아주 좋은 생각이 났는데 말이지' 라고 말하는 사수자리 사장을 보면 생각이 달라질 것이다.

지긋지긋할 만큼 활기 넘치는 사장의 열정에 시간은 제어할 수 없이 빠르게 흘러간다. 그리고 순식간에 나뭇가지로 몸을 위장하고 말라 빠진 잡목 숲에 선 자신을 발견한다. 컴퓨터실의 여드름박사 데릭이 당신을 향해 검은 반자동 소총을 겨누고 노란 페인트 탄을 발사한다. 당신은 그 페인트 탄이 사장의 엉덩이에 맞는다면 얼마나 통쾌할까 하고 생각해 본다.

못 말리는 사수자리 사장들은 다국적 기업이든 동네 신발 가게든, 사업에는 확고하고 저돌적인 자세로 임해야 한다고 믿는다. 그들은 무슨 일이든 처음부터 자기 손으로 해야 직성이 풀리는 사람들로 한니발 장군이 자랑스러워할 만큼 매일매일 씩씩하게 일을 한다.

그러나 당신을 비롯한 다른 사람들은 진저리가 난다. '오늘에 최선을 다하라' 라고 외치는 그들 앞에서 사람들은 그저 눈만 멀뚱거릴 뿐이다.

못 말리는 사수자리 사장의 가장 좋은 점은 자신이 해보지 않은 일은 절대로 시키지 않는다는 것이다. 그들이 해보지 않은 일이란 절대로 없으며(적어도 말은 그렇게 한다) 그 과정에서 만나는 위험한 도전들을 즐긴다는 사실, 그 두 가지만 빼면 이것은 좋은

불의 기질을 지닌 화상궁!

일이다.

　관심도 없고 하기도 싫은 일을 직원들에게 자꾸만 시킬 때 사수자리 사장은 도마에 오른다. 비가 오는 주말에 하는 오리엔티어링[13]이나 야생마 길들이기, 스카이다이빙 등이 그 예가 된다. 그는 이런 활동들을 통해 길러진 직업 근성이 직원들을 더 더욱 유능하게 만든다고 주장한다.

　두 다리가 제대로 움직이는 직원이 그렇지 않은 사람들보다 유능하다고 말하는 그를 보며 당신은 어쩔 수 없이 무하마드 알리[14]를 떠올린다. 위험을 감수하지 않았다면 지금쯤 알리는 어떤 모습일까? 적어도 침을 질질 흘리며 손을 떨고 있지는 않을 거라고 생각하겠지만 입을 다물고 있는 것이 좋다.

　전화 받기가 주된 업무인 당신과, 하늘을 나는 비행기에서 뛰어내리는 일 사이에 아무런 관련이 없다고 주장하는 건 글쎄, 이유가 좀 보잘것없어 보이긴 하지만 아마 '중도에 포기하면 아니 한 만 못하다' 라는 감동적인 경구를 듣게 되며 사장은 이렇게 경고할 것이다.

"이 회사에 승객의 자리는 없어!"

　이 말에 당신은 뛰어내릴 수밖에 없다. 비행기가 착륙할 때까

---

13) 설정된 목표물들을 지도와 컴퍼스를 사용하여 찾아가는 크로스컨트리 경기
14) Mohammad Ali : 전 헤비급 복싱 챔피언

부하들의 반란!

지 의자에 붙어 있기에는 너무 눈치가 보인다. 엉거주춤 일어나는 당신을 향해 사장은 이렇게 한마디를 더 덧붙인다.

"위기는 곧 기회라네."

생명에 위협을 느낀 적이 그때가 처음이었다고 말하면 당신은 '자네의 위치를 좀 생각해 보게나' 라는 불길한 말을 듣게 될 것이다. 물론 당신은 이런 상황에 많이 처해보았다.

현재 당신은 카펫이 깔린 쾌적한 방에서 고급 가죽을 씌운 회전의자에 앉아 있다. 사장이 내려준 직책에 비해 엄청나게 좋은 환경이다. 그러나 당신은 지금 3천 미터 상공에서 사지가 묶인 채 땅에 있는 소똥 무더기를 향해 급강하하는 중이며, 사랑하는 사람들과는 140킬로미터나 떨어진 상태이다.

요세미티 샘15)은 아마 사수자리였을 것이고, 포그혼 레그혼16)과 고메즈 아담스17)도 마찬가지였을 것이다.

못 말리는 사수자리 사장들이 탁월하게 잘하는 일이 있다. 지도력과 육체적인 운동, 여행, 신경을 무디게 하는 단조로운 동작

---

15) Yosemite Sam : 30~40년대 디즈니 애니메이션과는 다른 미국 애니메이션의 주류를 이룩한 택스 애버리가 워너브러더스의 애니메이션 스튜디오에서 탄생시킨 캐릭터들 중의 하나로 디즈니와 정립한 점잖은 웃음과는 반대되는 고도한 폭력을 묘사한다

16) Foghorn Leghorn : 역시 택스 애버리가 탄생시킨 애니메이션 캐릭터

17) Gomez Addams : 베리 소넨필드 감독의 아담스 패밀리에 나오는 라틴의 정열적인 연인을 자처하는 남편

불의 기질을 지닌 화상궁!

등을 결합시키는 일이다. 다만 세계 인구의 12분의 1이나 되는 이런 재주꾼들을 다 고용할 만큼 여행업계가 호황이 아니라는 사실이 안타깝다.

여행업계에서 받아주지 않은 나머지 사람들은 다른 업종을 찾을 수밖에 없다. 역시 운명은 거스르기 어려워서 다른 업종에서도 그 성격이 그대로 드러나지만 말이다. 그래서 지구상에는 수많은 사수자리 건축가, 은행가, 정원사, 차고 주인, 주식 중개인, 첩보원, 스포츠 해설가, 식당 주인, 카우보이, 포주, 출판업자, 행사 기획자, 기능공, 이비인후과 의사, 투기꾼, 모자 장수, 광부, 영화 제작자가 나타났다. 그들은 억지스러운 미소와 협박으로 직원들에게 접근하여 머나먼 서쪽 아조레스 제도[18]와 이쪽 항구 사이에서 재미난 고리 던지기 게임을 시킨다. 사업에 임하는 태도도 이와 다르지 않다.

주의 : 수녀로서 사수자리인 사람은 결코 없었다. 아니, 성녀 라데군다 (518-587 AD)[19]는 제외다. 그녀는 유럽의 이교도들이 천주교로 개종하게 하는 가장 좋은 방법은 바로 그들의 성소를 무자비하게 파괴하고 불태우는 일이라 여겨 연합군을 조직했다(그녀는 전우애라는 미명 하에 이런 일을 저질렀을 것이다).

---

18) 포르투칼 앞 바다에 있는 군도

19) Saint Radegunde : 프랑크족의 침략으로 인하여 고향을 등지고 클로타르1세 왕과 정략적인 결혼을 한 후 오빠가 살해되는 기회를 이용하여 왕의 곁을 떠나 은신하다가 포와티에르에 수녀원을 세우고 원장이 되었다

부하들의 반란!

　　이미 알려진 사실이지만 사수자리 사람들이 권력이 있는 지위에 오르거나 특정 산업에 영향을 미치지 못하게 하는 국가들이 많다. 그중에서도 외교관 직위가 가장 위험하다. 역사에 기록된 대부분의 전쟁이 이웃 나라를 귀속시키려는 무자비하고 광기에 휩싸인 독재자에 의해 시작되었을까? 천만에다. 사실 그 전쟁들은 사명감에 불타는 사수자리 외교관들이 일으켰다.

　　인명 구조도 마찬가지다. 사수자리들은 물에 빠진 사람들에게 '발을 움직이라고, 제기랄! 발을 움직여 보란 말이야! 그렇게 팔을 휘젓다가는 아무것도 안 돼!' 라고 다그친다. 그들 중 열에 아홉은 그런 말을 들을 수 있는 상태가 아닌데도 말이다.

　　한편, 사수자리들이 잘 해낼 수 있는 괜찮은 직업들도 있기는 하다. 허풍을 잘 떨고 무례하게 굴며 생각없이 말하는 사람이 필요한 직업들인데, 그런 일을 할 만큼 어리석은 사람들이 달리 없어서이기도 하다. 그 직업들은 다음과 같다.

· '글래디에이터'나 '서바이벌' 같은 제목의 TV 프로그램 구성 작가
· 코만도 부대 지휘　· 올림픽 경기 중계　· 여자 하키팀 코치

그리고는 정말 별로 없다.

　　그러나 사수자리들은 실제론 훨씬 다양한 직업에 종사하고 있다. 최근의 연구 결과에 따르면 직원들의 장기 결근 사유의 70퍼센트가 근육통, 발목 접질림, 밧줄에 의한 화상, 심한 염증, 다중

불의 기질을 지닌 화상궁!

골절, 소 거름 위로 추락, 멀미, 날뛰는 말에서 떨어져 생긴 타박상이라고 한다. 그런데 이 직원들의 공통점은 모두 사수자리의 성질을 타고난 사람을 모신다는 사실이었다. 그리고 이런 질병은 그들의 인생에 닥치는 일반적인 재난일 뿐이다.

월급을 올리는 방법

계획을 수립한다. 당신은 반드시 사장이 생각하는 모범적인 직원으로 자신을 탈바꿈시켜야 한다. 일을 시작하기 6주 전부터 출퇴근 시간을 이용해 조깅을 한다. 하루 종일 땀에 젖은 양말을 벗지 말고, 양말은 반드시 딱 맞게 신으며 다양한 색상을 갖춘다. 사수자리들은 고약한 냄새를 피우며 묵묵히 일하는 사람이 좋은 직원이라고 생각한다.

점심 시간마다 스쿼시를 한다. 사장에게 함께 치자고 제안해 본다. 진정한 사수자리들이라면 거절하지 않는다. 또 게임에는 반드시 져야 한다. 게임 중에 다리를 저는 것도 좋은 방법 중의 하나이다.

목발을 짚더라도 조깅은 멈추지 않는다. 그리고 등산용 신발을 신는다. 자주 '오, 예!'를 외친다. 4시간 간격으로 온몸에 근육통 약을 바르고 문지른다. 『내셔널 지오그래픽(National Geographic)』을 정기 구독해서 사무실로 배달되게 한다. 단백 동화 스테로이드제를 중독이 될 정도로 애용한다. 그런 다음 봉급

부하들의 반란!

인상을 요구한다. 그러면 얻을 것이다.

그 후에는 신문에 집 나간 가족을 찾는 광고를 내야 한다. 배우자와 아이들이 4주째 집에 돌아오지 않고 있다고 말이다. 가족들이 집을 나간 이유는 정신과 치료를 받아보자는 그들의 애원을 당신이 듣지 않았기 때문이다.

승진하는 방법

지금보다 높은 직책에 오르고 싶다는 말은 그 어떤 상황에서도 사장에게 해서는 안 된다. 그렇지 않으면 생산성과 번지 점프 횟수에는 긴밀한 상관 관계가 있다는 사장의 확고한 길음을 시험한 죄를 짓게 되는 것이다. 그리하여 당신은 발목에 기다란 고무 끈이 묶인 채 두려움에 떨며 다리 난간에 앉아 있게 될 것이다.

대신 좀 더 책임있는 일을 하고 싶다고 부탁한다. 운이 좋다면 사장의 얼굴에 미소가 어릴 것이다. 그리고 당신의 등을 두드려 축하해 주며 하키 스틱 운반하는 일을 맡길 것이다.

못 말리는 사장을 몰아내는 방법

간단하다. 다른 직원들에게 그들의 변함없는 우정을 보여주려면 스포츠는 그만 하고 매주 금요일마다 오후 4시에 골목 어귀

불의 기질을 지닌 화상궁!

호프집에서 만나자고 한다. 그리고 맥주 몇 잔을 마시면서
『ESPN』에서 재방송하는 축구 경기나 보자고 말한다.
　자신의 계획에 대해서는 발설하지 말라고 말해 둔다. 그리고
사장에게 주말에 삶의 의욕을 북돋아주는 스카이다이빙을 하자
고 제안한다. 사장의 낙하산을 점검해 주겠다고 나선다.

부하들의 반란!

2장 *Earth Signs*

냉정하고 확실하며 믿음직한 지상궁!

황소자리, 처녀자리, 염소자리

황소자리
학명 : *Taurus* 약자 : *Tau* 영문 : *Bull*
위치 : 적경 4시 30분 적위 북 18도 면적 : 797도

처녀자리
학명 : *Virgo* 약자 : *Vir* 영문 : *Virgin*
위치 : 적경 13시 20분 적위 남 2도 면적 : 1294.4도

염소자리
학명 : *Capricornus* 약자 : *Cap* 영문 : *Goat*
위치 : 적경 20시 50분 적위 남위 20도 면적 : 414도

지상궁 사장 밑에서 일하는 사람들은 공무원과 비슷하다. 출산 휴가, 여름 휴가 기간이 좀 더 길고 근무 시간을 자유롭게 선택할 수 있으며 가끔 조퇴나 병가를 낼 수 있고 노조에 가입할 수 있다는 사실을 제외하면 그렇다.

그러나 초 시계를 눌러가며 책상에서 샌드위치로 점심을 해결하는 일을 좋아하고 사적인 통화 시간을 최소로 줄일 수 있다면 약간의 여유 시간을 못 낼 것도 없다. 여기다가 사장의 형편없는 패션 감각을 견딜 수 있다면 더욱 앞날이 밝아질 것이다.

세심하고 꼼꼼하며 타협을 모르는 이 잔소리꾼들은 직원들이 낄낄거리며 웃는 것을 그냥 넘기지 않는다. 하지만 그들의 농담을 듣고 낄낄거릴 일은 절대 없다. 그들의 유머는 전혀 재미있지 않기 때문이다.

결혼해서 아이가 있는 지상궁 사장들은 대체로 유머 감각이 없는 편이다(그러나 설령 그들이 독신에다 아이가 없더라도 여전히 유머 감각은 기대할 수 없다). 대출금 상환이 행복의 필수 조건이라고 믿는 그들은 집에서나 직장에서나 인색하게 구는 데는 전문가들이다. 그리하여 모든 사무실 전화에는 장거리 발신이 금지되고 모든 조명에는 시간 절약 장치가 설치된다. 그들은 화장실에 걸어두는 휴지도 아까워할 정도로 지독하다.

이들 중에는 직원과 인턴 사원의 비율이 대략 1대 5 정도되는 대기업과 중소기업의 사장들이 많다.

지상궁 사장들은 대규모 작업 환경에서도 구별해 내기가 너무나도 쉽다. 점심 시간 연장을 요구했다는 이유로 당신을 해고시키려 한다면 차라리 먼저 회사를 그만두는 편이 낫다고 충고하고 싶다. 그들은 직원들과 크리스마스 파티를 하다가도 남은 서류 작업을 마치기 위해 일찍 빠져나오는 사람들이다. 직원 환송회에 참석하는 일도 없으며, 주말을 잘 보냈느냐는 인사를 그들에게 하는 직원들도 없다.

황소자리

☞ 초겨울 밤하늘에 떠오르는 아주 밝은 별자리로 11월 중순부터 1월까지가 가장 관측하기 좋은 시기이다. 동쪽 하늘에서 커다란 V자 모양을 한 별자리를 찾아보라. 이것이 황소의 뿔과 두 눈, 입을 이어주는 얼굴이라고 한다.

처녀자리

☞ 봄철 밤하늘에서 가장 아름답게 반짝이는 별자리로 관측하기 좋은 시기는 3월부터 5월까지이다. 그러나 워낙 많은 별들이 길게 늘어서 있어 이 별자리를 보고 처녀의 모습을 상상하기는 어려울 것 같다.

염소자리

☞ 가을의 시작과 함께 첫 번째로 눈에 띄는 별자리로 8월 말에서 10월 말까지가 가장 관측하기에 좋은 시기이다. 이때가 태양이 이 별자리에서 가장 멀리 있기 때문이다. 전체가 커다란 역삼각형 모양을 하고 있는데 아쉽게도 찾기가 그리 쉽지는 않을 듯하다.

못 말리는 황소자리 사장

4월 21일~5월 21일

사업을 하는 방식은 크게 세 가지다. 옳은 방법. 틀린 방법, 그리고 황소자리들의 방법이다. 점성학적으로 소(牛)과인 인간 밑에서 고생하는 이들에게는 슬픈 일이지만 황소자리들의 사업 방식은 현실 감각이 매우 떨어진다.

못 말리는 황소자리 사장들도 한때는 모두 훌륭한 아이디어를 생각해 낸 적이 있었다. 일단은 그냥 아이디어라고 해두자. 그들은 철석같이 믿는 그 아이디어를 현실화하기엔 지금이 가장 적절한 시기라고 말한다. 사장은 그 사실을 비싼 값을 치르고서야 깨닫는다. 직원들이 세상은 변했다고 해도 사장은 막무가내다.

최근 의학계에서 먹기 간편한 구토제를 시판한 이후로 처비

체커[20]의 구역질나는 앨범은 거의 팔리지 않는 상태이다. 그렇건만 황소자리 사장들은 그 앨범이 1965년에 잘 팔렸다는 이유로 지금도 충분히 승산이 있다고 우긴다. 세상 사람들이 그때의 감성으로 돌아가야 가능한 일인데도 말이다.

일반적으로 황소자리 사장들이 고집 세다는 사실은 수소 폭탄에 거실 벽이 갈라지는 것만큼이나 당연한 얘기다. 황소자리 사장에게 회사의 자금 회전율을 20퍼센트까지 끌어올릴 수 있는 방안을 연구해서 기껏 제안해도 그 완고하고 젠장맞을 사장은 흘러간 유행만 붙잡고 놓아줄 줄을 모른다.

서핑보드를 만든다고? 쓸데없는 짓이다. 내년 이맘때쯤이면 서핑보드는 사람들의 뇌리에서 사라질 것이다. 그러나 황소자리 사장들은 서핑보드 시장이 늘 지금 같으리라고 믿는다. 다시 말하지만 세상 사람들이 그때의 감성으로 돌아온다면 가능한 일이다.

그러나 황소자리 사장들은 대놓고 그렇게 말하지는 않는다. 그들은 별로 말이 없는 사람들이다. 성공이 확실한 아이디어에 대해서도 불편한 침묵으로 일관한다. 그러다가 자장면 한 젓가락을 입에 넣고는 초점없는 갈색 눈동자로 뚫어지게 쳐다보다가 마침내 '안 돼' 라고 대답한다. 초점없는 갈색 눈동자는 가끔 심사숙고의 뜻으로 잘못 해석될 수도 있지만 사실은 먹기와 숨쉬기를 동시에 해야 하는 어려움이 표정으로 나타난 것일 뿐이다.

20) Chubby Checker : 1959년에 데뷔한 미국 가수 어니스트 에반스(Ernest Evans)의 예명

부하들의 반란!

실제로 못 말리는 황소자리 사장들은 '안 돼'라는 말을 잘한다. 그들은 '좋다'고 말하기가 참 어렵다고 생각한다. '좋다'라고 말하면 최근에 깃펜 소매사업 유지에 과도한 지출을 승인한 자신의 결정이 현명하지 않았음을 인정하는 셈이 된다.

깃펜 사업은 1300년대에 매우 흥한 산업이다. 황소자리 사장들은 가능성이란 말을 좋아하지 않는다. 그들은 확실한 것을 훨씬 좋아한다. 특히 그들이 옳다고 확신하는 사실을 말이다. 물론 깃펜 시장이 회복되리라고는 조금의 흔들림도 없이 굳게 믿는다. 세상 사람들이 그때의 감성으로 돌아온다면 말이다.

그러므로 회사에서 이런 제품들의 제조, 마케팅, 소매를 고려하고 있다면 사장이 황소자리일 확률이 매우 높다.

·수동 타자기 ·레코드판 ·훌라후프 ·증기동력 자동차 ·쇠사슬 갑옷 ·태엽 시계 ·흑백 텔레비전 ·비디오카세트 ·낱장 악보 ·마오쩌둥 배지 ·카불(Kabul)[21]행 여행 패키지 ·카본지(Carbon paper) ·바르비투르산염(Barbiturates)[22] ·밋밋한 파란색 청바지 ·일방적인 군비 축소 ·영국 쇠고기 ·하느님

그렇다고 모든 황소자리 사장들이 구제 불능에다 대화가 통하지 않는 사람들은 절대로 아니다. 음, 사실은 좀 그렇다. 하지만 황소자리 사장들은 결정과 이행에 있어 완벽한 능력을 갖추고 있

---

21) 아프가니스탄의 수도
22) 진정 수면제 및 항불안제의 일종

냉정하고 확실하며 믿음직한 지상궁!

다. 단지 그들은 음식을 씹으면서 천천히, 그리고 주의 깊게 생각하기를 좋아할 뿐이다.

지독한 황소자리 사장이 일요일에 회사의 문을 여는 음모를 생각하는 동안 전 인류는 멸종할 수도 있다. 바로 지금도 어디선가 황소자리 사장은 머리를 끄덕이며 롤러스케이트가 다시 인기를 얻게 된다는 믿음으로 제품 제조와 판매에 대한 최종 결정을 하고 있을 것이다.

직원들 관점에서 보면 다소 멋지게 들릴 수도 있겠다. 사장이 변화를 강하게 거부한다면 일상적인 업무들은 분명 쉬워질 것이기 때문이다. 무기력하고 단조로우며 쉬운 일상 말이다.

그러나 이 생각은 빗나간다. 황소자리 사장들은 보통 땐 냉담하고 과묵하지만 그 이면에는 아주 폭력적이고 예기치 못한 기질이 숨어 있다. 그에 비하면 마이크 타이슨은 조용한 편이다. 그들은 깊은 내면으로부터 세상에서 옳은 사람은 자신뿐이라고 너무도 굳게 믿고 있다. 물론 미래에는 반드시 아이스께끼가 다시 유행한다는 믿음으로 아이스께끼 통 5천 개를 창고에 보관해 두는 식인 그들의 회사는 곧 망할 수밖에 없다.

'계속 이렇게 수정액을 써야 합니까? 컴퓨터 스크린에 자꾸 흰 얼룩이 생깁니다' 라고 말하면서 사장의 지혜와 권위에 도전해 온다면 당신에겐 무서운 눈초리와 함께 가차없는 질책이 돌아올 것이다.

또 '하지만 사장님, 삭제 버튼이 안전하지 않다면 존재하지도 않았을 겁니다. 실험을 모두 끝낸 거라고요' 라고 말해 보라. 그

부하들의 반란!

러면 갑자기 전에 없이 귀찮고 성가신 기운이 잔뜩 들어간 큰 목소리가 날아오며 그 다음에는 신선한 신체적인 감각을 경험하게 될 것이다. 우동과 스파게티가 뒤섞인 플라스틱 접시에 강제로 얼굴이 처박혀 본 사람만이 알 수 있는 느낌이다.

사실 사장은 우동과 스파게티에는 관심이 없다. 그것은 너무 유행하는 음식이다. 그들은 그것보단 햄버거와 감자칩을 더 좋아한다. 이미 현대인에게는 너무도 일상적이 되어버린 음식이지만 그들은 그것이 처음 나왔을 때의 폭발적인 반응이 여전하다고 굳게 믿는다. 과거에 새롭던 아이템은 분명히 성공적인 미래의 사업 아이템과 연결될 것이다. 세상 사람들이 그때의 감성으로 돌아온다면 말이다.

월급을 올리는 방법

어려운 일이다. 못 말리는 황소자리 사장들은 실수에 너그럽지 못하다. 직접적인 요구보다는 은근한 암시가 가장 효과적이다.

또 누더기를 걸치고 출퇴근을 하며 신발을 벗고 맨발로 일을 한다. 점심은 도시락 통에 싸서 다니고 책상 위의 스탠드를 양초로 바꾼다. 책상은 못 쓰는 상자로 대체한다. 그 위에는 전화 대신에 발목에 편지를 매달 비둘기를 앉혀둔다.

그러면 적어도 은퇴 전까진 사장이 당신의 임듣을 올려주며 노력에 보상해 줄 것이다. 당신이 그와 통하는 사람임이 드러났

냉정하고 확실하며 믿음직한 지상궁!

기 때문이다.

    승진을 하려면 당신이 하는 일이 무엇인지 사장이 안다는 사실이 전제되어야 한다. 그러나 이것은 황소자리 사장이 있는 근무 환경에서는 말도 안 되는 가정이다. 보통의 황소자리 사장들에게는 단 두 직책, 즉 자신과 나머지 직원들만 있을 뿐이다. 아무리 회사의 규모가 다국적이라 하더라도 마찬가지다. 그러므로 승진 요구는 회사가 뒤집어질 만한 일이다.

인사 이동은 불안과 변화, 야망, 욕망, 새로운 아이디어, 적극적인 행동을 수반한다. 그런 일은 생각할 가치조차 없다.

노력을 포기하라. 위에 있는 누군가가 죽기를 기다린 다음 조용히 그 자리를 이어받아라. 여담이지만 황소자리 사장에게 고용된 직원들의 주된 사망 원인은 우동과 스파게티에 의한 질식이다.

아무 일도 하지 말라. 절대로! 그러면 못 말리는 황소자리 사장은 당신의 관리 능력을 알아차리고 자기가 잠깐 휴가를 가는 동

부하들의 반란!

안 회사의 실무 책임을 맡아달라고 부탁할 것이다.

당신은 그 부탁을 수락한 다음 언제 돌아오는지 들어보라. 그러면 사장은 생각이 짧은 사람들에 대해 한동안 험담을 늘어놓으며 마지막으로 세상 사람들이 그 시절의 감성으로 돌아오는 순간에 자신도 돌아온다고 대답할 것이다.

이제부터 즐겨라. 문패부터 시작해서 사무실을 다시 꾸밀 계획을 세워라.

냉정하고 확실하며 믿음직한 지상궁!

못 말리는

8시 59분에 사무실에 도착한 당신은 놀랍게도 처녀자리 사장이 쓴 메모를 발견한다. 메모는 'D54/S2 5월 2일' 이라는 알 수 없는 부호로 시작된다.

주제 : 계좌 #348/bdu/◇pm5, 4/27부터. 추적 필요. 상당한 시간이 지남. 가능한 한 서두르기 바람.

주제 : ASC 형식 351A. 여기서 문제는? 간단하고 확실히.

주제 : 3월(3/15)부터 소액 현금 영수증 #25 $2.8◇. 무엇인가? 항목별 정리 바람. 6주 전(4/10)에 처음 요청. 아직 기다림. 처리 요함.

주제 : 조나단 애덤스/혼합 직물사 (4/25). 회신 전화 온 적 있

부하들의 반란!

는가? 없었다면 전화할 것. 있었다면 통화 기록 업데이트(중요)(EXCEL의 TELINMAY 하부 디렉토리 today에 저장).

주제 : 용모 주의 바람. 오늘(즉, 어제) 셔츠 어깨에 구김. 좋지 않음. 그리고 연두색은 어울리지 않음. 유의 바람.

주제 : 기억나지 않음(지금 시각 : 9:25(어제)). 중요. 환기시켜 주기 바람(메모 남겨줄 것 하드카피(사라에게 줄 것)). LAN의 워드에 있는 MEMOMAY 하드카피해서 보관(파일)하고 나에게는 소프트카피해서 줄 것. MEMOGEN과 MEMOBACK 사본도 똑같이 할 것. 플로피에 백업(수잔에게 줄 것). 원래 파일 삭제(조심할 것 경쟁사에서 해킹 가능)하고 DISCFREE에 통계량 정리하도록 샐리에게 전달(DISCFREE는 WINDOW의 FILE MANAGER 하위디렉토리 INTERNAL, MEMO, TRAFFIC에 있음).

주제 : 문방구 점검. 메모책 항목 필요(크기와 페이지 수, 순서 등). 빨리. 아직 6개월 남았으나 내 것은 꽉 찼음.

좋은 하루 보내길.

여느 때와 마찬가지로 한숨이 나온다. 대체 무슨 뜻인지 알 수가 없다. 당신의 직책은 수위다. 다른 사람이 당신을 정확히 데이비드라고 불러도 사장은 당신을 제리라고 부른다. 그러니 당신은 사라와 수잔, 샐리가 누구인지 알 수 없다. 그 이름들은 아마 6년 전부터 사장의 개인 비서로 일하는 산드라를 지칭하는 걸 거라고 생각한다.

못 말리는 처녀자리 사장 밑에서 일하려면 지식이 있어야 한

냉정하고 확실하며 믿음직한 지상궁!

다. 그들이 당신의 이름을 비롯한 지식을 쌓을 필요는 없다. 지식을 쌓는 일은 당신의 책임이다. 그것이 당신이 월급을 받는 이유이다.

대부분의 사장들은 자신들이 받은 축복을 돈으로 계산한다. 그러나 처녀자리 사장들은 아니다. 그들은 받은 축복들의 리스트를 작성한다. 그리고 며칠에 한 번씩 업데이트, 리스트 추가, 오자 확인, 내용 보충, 부록 추가도 잊지 않는다.

어떤 산업에서든지 못 말리는 처녀자리 사장들은 두 가지 집착 증세를 보이며 자신들을 가차없이 몰아붙인다. 기록 보관에 대한 집착과 편집증이 그것이다.

처녀자리 사장들은 각 사무실의 커피 소비량에 대한 항목과 비용까지도 완벽히 정리하게 하고 분기마다 예산을 조정한다. 그리고 그런 기록을 경쟁사에서 매우 부러워한다며 뿌듯해한다.

푼돈을 잘 간수하면 큰돈은 알아서 절약되기 마련이다. 돈이 돈을 번다. 기록에 없으면 존재하지 않는 것이다.

이상은 처녀자리들의 사업 철학에 내재한 기본 이념이다. 아무리 작은 행위라도 반드시 기록하고 전후 참조하여 검증한 후에 파일로 보관한다. 면도날처럼 날카로운 집중력이 필요한 것이다.

1982년 8월에 발송한 의례적인 안부 편지의 정확한 수를 알고 싶은가? 처녀자리 사장에게 물어보라.

지난 목요일 오후 4시 27분에 전화한 사람은? 처녀자리 사장

부하들의 반란!

에게 물어보라.

작년 6월 이후로 경리부 사무실 문의 경첩에 사용된 기름의 양은? 처녀자리 사장이 말해 줄 것이다.

회사가 정확히 무슨 사업을 하는지 궁금한가? 처녀자리 사장은 전혀 모른다. 다만 사업 방식만은 정확히 알고 있다. 그것도 무서울 만큼 상세하게 말이다.

세세한 부분까지 집착하는 성질은 업무 처리가 치밀한 모습으로 표출된다. 그러나 그들은 오직 돈과 관련된 부분에서만 그런 치밀함을 보인다. 못 말리는 처녀자리 사장들은 대범한 사람들이 아니다. 그들은 좀스러울 만큼 정확하고 준비에 철저하다.

그러나 무엇을 위해 그렇게 철저하게 준비하는지는 자신도 모른다. 목적을 알게 되면 위험하다. 이렇게 그들은 놀라울 정도로 핵심을 빠뜨린 채 지낸다.

거리에도 이런 유형이 있는데 쌀 알에 이름을 새겨주는 사람들이다. 그들은 모두 처녀자리이다.

그들이 돋보기로 사물을 뚫을 듯 쳐다보다가도 가끔 뒤를 확인하는 것은 처녀자리 사장들과 같은 이유에서이다. 못 말리는 처녀자리 사장들은 자신을 노리는 사람들이 있다고 굳게 믿고 있다. 단지 눈에 보이지 않을 뿐이다라고 말한다. 그러나 볼 수 없다고 음모론을 믿지 않는 것은 아니다.

처녀자리 사장들은 회의를 시작할 때 이런 전형적인 문구로 시작한다.

냉정하고 확실하며 믿음직한 처녀자리!

*"참석해 주셔서 감사합니다. 여러분들을 모이시게 한 이유
는······."*

아니면 썰렁한 농담으로 시작한다. 대략 48시간마다 반복되는
이야기다. 그런 다음 이렇게 인사한다.

*"참석해 주셔서 감사합니다. 그런데 왜 모두 저를 쳐다보고 계
시죠?"*

처녀자리 사장들은 다양한 상업 분야에 재능을 보이지만 특히
엄청난 양의 기록을 보관하는 일을 좋아한다. 예컨대 그들은 『프
로방스에서의 1년』[23)의 듀이십진분류법[24) 번호는 금방 기억해
내지만 화장실 가는 길은 잘 잊어버리는 도서관장이나, 1948년
에 수확된 밀의 총량은 잘 알지만 늘 서류 가방을 잃어버리는 통
계 전문가, 이제까지 발행한 처방전을 모두 기억하며 자신이 그
목록에 나열된 모든 질병에 걸렸다고 믿는 의사가 될 수 있다.
그러나 기록이 존재하지 않는 곳에서 처녀자리 사장들은 난관에
부딪힌다. 못 말리는 처녀자리 사장들의 눈으로 바라본 창세기[25)

---

23) A year In Provence : 피터 메일의 베스트셀러 소설
24) Dewey Decimal Classification : 미국의 유명한 사서 멜빌 듀이(Melvil
Dewey)가 1873년에 고안한 십진분류법으로 도서관에 소장된 각종 정보를 10진법
에 따라 나누고 정리하는 분류 체계
25) 구약 성서의 첫 권

부하들의 반란!

는 이렇다. 하느님이 세상을 엿새 만에 창조하셨다. 제7일에는 쉬셨다. 여덟째 날에 하느님은 서류 작업을 시작하셨다. 그 다음 달에 중간 보고서가 준비되었다.

이런 못 말리는 처녀자리 사장 밑에서 하는 일은 까다롭고 초인간적인 능력과 끝없는 인내, 그리고 긴장을 빨리 회복하는 기술이 필요한 작업이다. 컴퓨터 용량 중에서 9기가바이트가 일상의 소소한 일들에 쓰이고 있는 데도 처녀자리 사장은 전혀 모르고 있다.

그곳에는 (1) 당신의 이름, (2) 당신이 하는 일, (3) 모든 편지, 메모, 포스트잇 노트, 송장, 영수증, 전화통화, 팩스, 전자우편, 회의, 의논, 안부 교환, 찻잔 수, 고무 밴드, 자동차 운행, 엘리베이터 승차, 샌드위치, 찡그림, 웃음, 곁눈질, 연필 구매, 화장실 사용을 기록함과 동시에 자신이 본 업무가 기록되어 있다.

그러나 이 사실을 절대로 지적해서는 안 된다. 그렇게 하면 못 말리는 처녀자리 사장은 'D54/S9 5월 3일 『업무 효율을 향상시킬 수 있는 방법 42가지』를 읽고 보관할 것(B59/9 형식의 기본 응답이 사용된 곳을 알려주기 바람).' 이라는 메모를 쓰던 손을 즉시 멈추고 푸념은 그만두라고 말할 것이다. 그리고 회사 운영에 대해 너무 많이 알 필요는 없다고 덧붙일 것이다.

월급을 올리는 방법

현실을 직시하자. 당신은 임금 인상을 받아 마땅하다. 사소한

일에 집착하고 자잘한 일에까지 간섭하는 비상한 기억력의 소유
자를 사장으로 모신 사람이라면 누구나 자격이 있다.

자신이 월급을 더 받아야 하는 이유를 최소한 25가지 이상으
로 조목조목 지적한 메모를 보낸다. 소용은 없겠지만 사장은 그
메모를 여섯 장으로 복사해서 당신의 인사 파일에 보관하고 이런
글귀를 적어둘 것이다.

"이 사람은 야망이 있음. 뭔가 모의할 가능성이 보임."

승진하는 방법

이미 상당한 양의 자료가 저장된 시스템에 더 많은 자료를 저
장해서 사장의 총애를 받는다. 예를 들어 당신이 청소부라면 주
말을 이용해서 사무실의 지도를 만들고 사무실에 들어오는 오물
과 먼지의 형태와 양, 부피, 무게를 표시할 수 있게 표를 만든다.

사장에게 이 지도를 보여주면서 매일 공란을 채우고 매달 나
오는 결과를 표로 만들어 인쇄하여 확인하자고 제안한다. 그리고
매 분기별로 요약 정리를 하는 일에 자원한다.

그러면 당신은 '활동 부산물 관리 책임자' 라는 멋진 이름이 붙
은 직책뿐 아니라 전용 컴퓨터와 업무일지까지 받게 될 것이다.
그러나 당신의 작업 공간은 계속 밀려드는 메모들로 건물에서 가
장 쓰레기가 많이 나오는 구역이 되며 마침내 당신은 말끔하지

부하들의 반란!

못하다는 이유로 해고될 것이다.

못 말리는 사장을 몰아내는 방법

　당신은 사장의 자리를 전혀 탐내지 않고 있다. 인생은 너무 짧기 때문이다.
　그러나 그 사실을 못 말리는 처녀자리 사장에게 달하지 말라. 결코 믿어주지 않을 것이다. '믿어주십시오, 사장님의 자리를 원하는 것이 아닙니다' 라는 말은 '그 우표를 구매한 영수증은 처음부터 없었습니다' 라는 말처럼 처녀자리 사장에게는 이해되지 않는 말이다.

못 말리는 염소자리 사장

12월 22일~1월 20일

못 말리는 염소자리 사장에게 넣은 면담 신청이 9주 만에 승인되었다. 이 이야기를 전해준 사람은 처녀자리인 겁쟁이 마이클 과장이다. 그는 회사의 실질적인 업무를 담당하고 있으며 사장의 귀 역할을 한다고 자처하는 사람이다.

물론 사실이 아니다. 사실 못 말리는 염소자리 사장은 회사의 돌아가는 상황을 모두 들을 수 있는 독점적인 지위에 있다. 그리고 과장의 약점까지 잡고 있다.

그래도 마이클은 최소한 사장을 만날 수는 있다. 여기서 당신은 할 말이 없어진다. 회사에 입사한 지 6년밖에 되지 않은 당신이 무엇을 더 기대하는가?

마이클이 운명의 면담을 위해 당신을 복도로 데리고 나간다.

부하들의 반란!

한 번도 지나본 적이 없는 그 복도는 앞으로 갈수록 점점 더 어둡고 서늘해진다. 발소리는 메아리가 되어 돌아오며 이제 '사장실'이라고 쓰인 문을 통과한다. 마이클은 뒤에 남는다. 이번 면담은 마이클의 차례가 아니다.

사무실 안은 어둡다. 사방 벽은 베이지 색으로 칠해져 있다. 한가운데는 역시 베이지 색 책상이 있다. 책상 위에는 베이지 색 파일 두 개와 베이지 색 전화기, 베이지 색 액자에 든 사장의 아버지, 어머니, 조부모, 증조부모의 사진, 모차르트의 '베이지 플루트(The Beige Flute)' 오페라 티켓과 지방 법원의 베이지 판사가 보낸 저녁 초대장이 놓여져 있다. 책상 뒤에는 단정하고 좀 더 가지런한 베이지 색 물체가 하나 더 있는데 자세히 보니 가운데 가르마를 탄 누군가의 머리 같다. 사장님이다. 그녀가 말한다.

"좋은 아침입니다. 앉아요. 당신 이름이 필이군요? 사무원이고 오는 3월에 스물일곱이 되는군요. 결혼했고 멜린다라는 딸이 있고 이곳에서 8킬로미터 남쪽에 있는 방 두 개짜리 주택에 사는군요. 한 달에 642달러씩 대출금을 내고, 어머니가 사고 전에 몰던 차와는 다른 흰색 엘 카미노를 몰고 있네요. 차는 앞마당에 주차하는군요. 취미는 십자말풀이와 등산이고 마이애미 돌핀스 축구 팀을 후원하지만 쿼터백을 기용한 코치의 의견에는 동의하지 않는군요. 당신은 녹색 속옷을 입었고 셔츠 오른쪽에 작은 땅콩 버터 자국이 있군요. 산 지 열흘밖에 안 됐는데 안타깝네요. 자, 용건이 뭔가요?"

당신의 용건은 사장이 당신을 무시하는 것 같다는 말이었다.

"아, 아무것도 아닙니다."

당신은 말을 더듬으며 몸을 돌려 문밖으로 나간다. 그리고 전에도 사장을 본 적이 여러 번 있다는 사실을 깨닫는다. 당신의 사무실과 직원 식당, 복도와 회의실이었다. 지금까지 당신은 그녀를 벽지의 얼룩쯤으로 생각해 왔었다.

이틀 후에 당신의 책상으로 메모 한 장이 전해진다. 당신이 낸 휴가 신청을 허가한다는 사장의 글씨가 보인다. 당신의 얼굴이 창백해진다. 휴가 신청은 임금 인상과 함께 당신의 요구 내용에 포함되어 있던 사항인 것이다.

이것이 염소자리 사장들의 모습이다. 그들이 모르는 사실은 없다. 그들은 항상 모든 일을 듣고 모든 일을 보고 있다. 아마 냄새도 모두 맡고 있을 것이다. 그러나 절대로 말은 하지 않는다. 적어도 당신에게는 이야기하지 않는다.

왜 그럴까? 염소자리들의 생각에 당신은 직원이므로 중요한 사람이 아니다. 당신과 나누는 대화에는 이득될 것이 없기 때문이다.

추종자들은 염소자리 사장들을 '하느님'이라고 부른다. 그러나 '하느님'이라는 명칭은 정확하지 않다. 그들은 자신을 신이라고 생각하지 않는다. 신은 곁치장에 너무 많은 시간을 낭비하며

부하들의 반란!

전혀 신비롭지 못하다고 생각한다.

그러나 만일 전능하신 하느님이 염소자리들에게 칵테일파티 초청장을 보내시면 그들은 총알같이 답장을 보낼 것이라는 사실을 명심하자. 못 말리는 염소자리 사장들에게는 자신이 무엇을 아는가 보다는 누구를 아는가가 훨씬 중요한 것이다.

사실 염소자리 사장들이 자신이 무엇을 아는가에 대해 전혀 걱정하지 않는 데는 다 이유가 있다. 그들은 모든 것을 알기 때문이다. 특히 그들은 사업 세계에서 꼭 성공해야 한다고 생각한다. 그것은 부모의 가르침이다. 그들의 몸에는 성공의 피가 흐르기 때문이다. 문제될 것은 전혀 없다. 못 말리는 염소자리 사장의 조상들은 모두 같은 업종의 사업에 종사했다. '번창하는 사업' 말이다.

염소자리 사장들은 마음속 깊이 조상들을 존경한다(물론, 못 말리는 당신의 염소자리 사장은 지난 십 년 동안 그녀의 사랑하는 부모를 찾아간 일이 없다. 그럴 필요를 느끼지 못한다. 부모가 알고 있는 사람들 중에 연봉이 6만 달러 이상인 사람은 한 사람도 없기 때문이다). 그러니 사장이 당신을 저녁 식사에 초대하지 않는 것도 당연하다.

못 말리는 염소자리 사장이 마련한 작은 파티의 초대 손님 명단은 다음과 같다. 옥의 티를 찾아보라.

· 교황   · 캔터베리[26] 대주교   · 데이비드 보위   · 힐러리 클린턴
· 케이트 모스   · 줄리아 로버츠   · 베냐민 네타냐후[27]   · 제이슨

---

26) Canterbury : 영국 국교 총본산의 소재지
27) Benjamin Netanyahu : 전 이스라엘 총리

냉정하고 확실하며 믿음직한 지상궁!

당신이 이 명단에 든 이유는 캐롤라인 케네디 슐로스버그[29]의 먼 친척이며 명단에 있는 제이슨 시혼이 안내를 부탁했기 때문이다. 하지만 후식이 나오기 전에 자리를 뜨기로 약속했다.

당신은 못 말리는 염소자리 사장의 활약상을 볼 수 있는 흔치 않은 자리에 끼게 되었다. 멋지게 차려진 식탁에 네타냐후 총리와 줄리아, 주교를 비롯한 모든 사람들이 둘러앉는다. 식사를 마친 당신은 후식이 나오기 전에 자리를 뜨기로 한 약속을 무시한 채 데이비드 옆에서 냅킨만 주무르고 있다. 단정하게 두건을 쓴 채 식탁 맨 윗자리에 앉아 있는 염소자리 사장은 마치 흐린 갈색의 연기처럼 희미한 존재다. 가끔씩 대주교의 새로운 벽지나 케이트의 니스샐러드 만드는 비법에 대한 질문을 하긴 하지만 대체로 조용히, 차가운 표정으로 움직이지 않고 듣기만 한다.

다음날 못 말리는 염소자리 사장은 세계 3대 종교 사이의 차이점을 알아내고 중동에 평화를 가져오며, 파키스탄의 홍수를 막고 힐러리와 대주교를 짝지어주는가 하면 케이트에게는 UN에 일자리를 얻어주고 줄리아는 성녀로 만들며, 마지막으로 데이비드가 은퇴하도록 설득한다.

물론 사장이 영광이나 명예, 혹은 인류를 위해 이 모든 일을 하

---

28) Jason Seahorn, Angie Harmon : 뉴욕 자이언츠 소속의 미식 축구선수와 여배우

29) Caroline Kennedy Schlossburg : 고 케네디 대통령의 딸

부하들의 반란!

지는 않는다. 결코 아니다. 그녀가 이 일을 하는 이유는… 만일 어떤 사장이 노벨 평화상을 받으면 계약이 얼마나 밀려들지 상상해 본 적이 있는가? 하느님은 분명 그녀를 A급 명단에 올려주셔야 할 테고 그 다음에는…….

월급을 올리는 방법

임금 인상을 요구할 필요는 없다. 못 말리는 염소자리 사장은 당신의 요구 사항을 이미 알고 있다. 그리고 임금 인상이 없다는 결정도 이미 되어 있다.

시간이 좀 걸리기는 하지만 또 다른 방법이 있기는 하다. 일주일에 5천 달러나 하면서 철통 보안을 자랑하는, 양로원에 사는 그녀의 아버지를 찾아가는 것이다. 사장의 아버지는 친하게 지내던 마지막 친구마저 유명을 달리하자 사장의 권유로 양로원에 들어갔다. 당신은 그에게 포르쉐를 모는 사람을 몰라도 상관없고 자신은 염소자리도 아니라고 말한다. 그리고 그가 항상 바라던 자식이 되어주겠다고 말한다(딸이든 아들이든 상관없다. 어차피 노인은 눈이 거의 보이지 않는다).

어느새 노인의 눈에서는 눈물이 흐르고 변호사를 불러 유언장을 다시 작성하겠다고 말한 것이다.

냉정하고 확실하며 믿음직한 지상궁!

염소자리 사장의 제국에서는 직원들의 배경이 가장 중요하다. 무조건 뭔가 있어 보여야 한다. 그러므로 당신에게는 두 가지 기회가 있다. '테네시 복음대학 신학연구소' 와 같은 미국 회사에 돈을 보내서 멋진 이름의 학위를 받는다던지 주기적으로 열리는 브리티시 경매에 자주 참가해서 무명 화가의 작은 그림이라도 사며 고객 명단에 이름을 올리는 것이다. 그곳에서는 1천 달러도 안 되는 돈으로 준 남작의 직위를 살 수도 있다.

그러나 경리부의 필, 당신에게는 아무것도 없다. 똑같은 경리부 직원이라도 박사 학위가 있는 필과 그냥 울버햄프턴 7번지에 사는 필은 그 이름이 주는 느낌부터 전적으로 다르다.

못 말리는 사장을 몰아내는 방법

여러 가지가 있지만 대부분 성수와 마늘, 주문, 두꺼운 나무 막대기가 필요한 일로 상당히 준비물이 많다. 가장 좋은 방법은 말없이 정보를 흡수하는 못 말리는 염소자리 사장의 습성을 이용하는 것이다.

면담을 신청하라. 사장과 마주 앉으면 사장은 사무실의 불을 꺼달라고 말할 것이다. 그리고 얼마 전에 1,000회를 넘긴 일일 연속극의 첫 회부터 마지막 회까지의 줄거리를 천천히 이야기해

준다. 얼마 지나지 않아 펑! 소리가 날 것이다. 사장의 머리가 폭발하는 소리다.

불을 켠다. 사장의 의자에 놓인 알 수 없는 베이지 색 파일을 제외하고는 사무실은 텅 비어 있다. 파일을 치우고 그 자리에 앉는다. 얼간이 처녀자리 마이클을 불러 클라우디아 쉬퍼와 전화를 연결해서 점심 약속을 잡으라고 거만하게 명령한다.

3장 *Air Signs*
사고와 관념 속에 사는 풍상궁!

쌍둥이자리

학명 : *Gemini*   약자 : *Gem*   영문 : *Heaven Twins*
위치 : 적경 7시 00분 적위 북 22도   면적 : 514도

천칭자리

학명 : *Libra*   약자 : *Lib*   영문 : *Scales*
위치 : 적경 15시 10분 적위 남 14도   면적 : 538.1도

물병자리

학명 : *Aquarius*   약자 : *Aqr*   영문 : *Water Bearer*
위치 : 적경 22시 20분 적위 남위 13도   면적 : 980도

사장이 사장 같지 않을 때는 언제인가? 사장이 풍상궁일 때다.

만일 당신이 우유부단해서 회사에 몇 백만 달러의 손해를 끼쳤거나, 사무실을 벗어나서 골프를 치러 가거나, 혹은 근무 시간에 명상을 한다면 당장 해고당하기 쉽다. 그러나 허세나 족벌주의, 운명에 의해 사장이 된 풍상궁 사람들은 그런 일을 해도 해고될 걱정이 없다.

풍상궁 사장들의 모습은 대략 세 가지로 나타난다. 아무것도 아닌 일로 고민하느라 몇 시간을 소비하는 유형, 결정의 결과부터 고민하다가 정작 아무 결정도 못 내리는 유형, 과제와는 아무 상관도 없는 일에 대해 고민하느라 몇 시간을 소비하는 유형.

그러나 풍상궁 사장들은 부하들이 결실을 맺은 노동의 열매를 향유하는 일만은 즐거워한다. 직원이 사장의 일을 모두 대신하니 어쩔 수 없는 일이다.

풍상궁 사장을 두려워하는 사람은 없다. 사장의 비서는 직원들이 사장의 방에서 나올 때 인사를 하지 않는다고 항상 못마땅해한다. 그러나 사장은 날마다 수상 스포츠나 쇼핑, 명상 등을 하러 나가서 사무실은 텅 비어 있다.

그들은 사장으로서 자격이 없다. 도대체가 직원들의 직장 생활에 전혀 관심이 없다. 새로 옮긴 회사의 사장이 당신의 전 풍상궁 고용주에게 전화를 걸어 당신에 대해 물어보면 그는 얼굴도 기억 못하는 전 직원을 위해 찬란한 추천서를 써주거나 정말로 불리한 말을 하거나 아니면 아예 아무 말도 못한다.

쌍둥이자리

☞ 아주 밝은 별들로 이루어져 있어 도시의 하늘에서도 충분히 찾을 수 있는 별자리로 두 형제가 나란히 어깨동무를 하고 있는 모습을 12월에서 2월 사이에 밤하늘에서 선명하게 찾을 수 있다.

천칭자리

☞ 다른 별자리보다 늦게 황도 12궁에 들어갔다고 한다. 당시에 황도상에는 11개의 별자리만 있었는데 태양은 황도상 별자리에 한 달씩 머물다 가기 때문에 일 년 열두 달을 계산하자면 하나가 모라자 부랴부랴 만들어 넣은 것이 천칭자리라 한다. 이 별자리를 찾으려면 봄의 별자리인 처녀자리와 여름의 전갈자리 사이를 보면 사각형 모양의 별을 찾을 수 있다.

물병자리

☞ 이 별자리를 가장 확실하게 관측할 수 있는 시기는 9월에서 11월 사이로 이 별자리를 찾기 위해서는 먼저 소년이 물병을 들고 커다란 물고기의 입에 물을 붓는 모습을 머리 속에 그려봐야 한다. 이때 영어의 Y자를 물병으로 생각하고 모양을 그리면 된다. 이 별무리는 비교적 선명해서 쉽게 찾을 수 있다.

금요일 오후, 로비에 있는 화려한 꽃 장식을 매만지고 난 당신은 5시에 맞추어 퇴근을 한다. 이 일은 현재 주어진 직책에서 가장 당신의 기운을 북돋아주는 일이다.

주말에는 저명한 정신과 의사를 만나 오랫동안 상담을 받는다. 그런 뒤 월요일 아침 9시에 사무실로 돌아온다. 비싼 상담료를 지불한 대가로 당신은 쌍둥이자리 사장 밑에서 일할 만큼 정신 나간 사람이므로 지금의 상황이 순탄하지 않다고 느껴도 할 말이 없다는 사실을 알게 되었다.

여느 월요일 아침과 똑같이 로비로 향한 당신은 주위가 뭔가 달라진 것 같다고 느낀다. 당신 이름이 붙은 책상 위에는 교환대가 사라지고 복잡한 소프트웨어로 가득 찬 IBM 컴퓨터가 들

사고와 관념 속에 사는 풍상둥!

어와 있다. 전화도 지난주만큼 자주 울리지 않고 월급 봉투도 약간 두툼해진 것 같다. 봉투에 붙은 메모에는 다른 사람들의 월급을 계산하라고 되어 있다. 그리고 세금과 노령 퇴직 수당이 공제되지 않았다.

아! 이제 알겠군! 당신은 경리 사무원이다.

물론 지난주에는 접수계원이었지만 쌍둥이자리 사장이 아침마다 같은 얼굴 보기가 지겹다고 했다. 그래서 당신은 지금 온종일 장부를 껴안고 숫자와 씨름하고 있는 것이다. 그리고 다음주에는 양초 밀랍 부서(회사에서는 실제로 양초가 아니라 핵무기를 한다)의 국내 영업부장(국내 영업은 있을 필요가 없는 부서다)으로 발령을 받고 엄지손가락을 비틀며 창밖을 주시하게 될 것이다.

쌍둥이자리가 사장으로 앉아 있는 조직에서 유일하게 지속되는 일은 혼란과 혼동, 그리고 심하게 높은 직원들의 장기 결석률이다. 극도의 방해꾼이며 뺑소니 전문가인 쌍둥이자리 사장들은 기름이 잘 쳐진 기계처럼 업무에 속도가 붙기 시작하는 순간에야 느닷없이 모습을 드러낸다. 손에는 작은 망원경과 마권을 쥐고 있다. 그의 출현에 놀란 전 직원이 갑자기 일을 멈추었을 때는 이미 그의 모습은 보이지 않는다. 당연히 지금 그는 켄터키더비[30] 경마장으로 가서 두 번째 말에 베팅을 하고 있다.

그러나 이 시점에서 당신은 근무 시간에 사장이 무엇을 하느

---

30) Kentucky Derby : 영국의 더비를 모방하여 1875년에 창설된 미국의 경마 레이스

부하들의 반란!

냐보다 더 중요한 문제를 걱정해야 한다. 그가 충동적으로 '이 달의 직원' 상 받은 사람을 해고했고 나가면서 당신의 저금통을 가져가 택시 요금을 지불했기 때문이다.

어느새 당신은 자기 이름이 아서인지 마서인지 혼란스럽다. 어차피 쌍둥이자리 사장에게는 아무 의미가 없으니 상관은 없다.

이름이나 업무 보고처럼 사소한 사항들은 쌍둥이자리 사장의 관심을 끌지 못한다. 당신은 사람도 사물도 아니며, 그저 좋고 싫음의 감정이 개입될 때만 사장이 인식하는 존재이다. 당신은 홍보의 귀재인 아서도 아니고 앞서 말한 이 달의 직원도 아니다. 당신은 그저 '작업복을 입은 가슴 큰 여자' 일 뿐이다. 강신의 본명이 리사라고 하더라도 그저 '족제비 같은 수건을 쓴 중동 출신의 여자' 라고 불린다.

못 말리는 쌍둥이자리 사장이 회사에 유일하게 흥미를 보이는 일은 근무와 관련된 스캔들이다. 스캔들이 실제 일보다 더 재미있기 때문이다. 사장은 당신의 이름이나 회사의 중요한 고객의 이름은 기억하지 못하지만 스파이들의 동태나 당신의 사생활에 대해서는 놀라운 지식을 보유하고 있다.

접수계원인 당신은 남의 말에는 10억 분의 1초도 귀를 기울이지 않는 사장에게 익숙해진 나머지 최근에 사귄 쥐서끼 같은 남자와의 관계와 이라크 바스당[31]에 대해 몇 시간이나 어머니와 통화를 한다. 그동안 팩스 기계 근처를 배회하며 입력되어 있는 단축 번호들을 지우다가 싫증이 난 쌍둥이자리 사장은 처음으로 당

---

31) Ba'ath Party : 아랍 민족주의 정당

사고와 관념 속에 사는 풍상궁!

신의 말에 귀를 기울인다.

못 말리는 쌍둥이자리 사장 밑에서 하는 직장 생활은 자신이 알츠하이머병에 걸린 노인이라고 믿는 미친 중년자처럼 행동하는 말썽꾸러기 다섯 살짜리 아이를 돌보는 일과 비슷하다. 만일 당신이 보육원이나 양로원, 정신병원에서 일한다면 골치 아픈 일을 해결하는 데 명수가 될 것이다. 그러나 안타깝게도 당신은 커다란 사무실, 혹은 작은 가게, 중간 규모의 핵무기 공장에 붙들려 빠르게 미쳐 가는 한 젊은이일 뿐이다.

쌍둥이자리 사장이 이렇게 매일 사라지면 당신의 삶은 너무나 힘들어진다. 사장이 자리에 없을 때에도 직원들은 그가 자리에 있다고 느낀다.

그는 자기가 회사 자금에 손을 댔기 때문에 모든 직원의 이번 달 월급을 깎아야 한다는 사실을 알리지 않고 슬그머니 문밖으로 빠져나간다. 또한 그린피스와 약속한 보도 자료에 대해 아서에게 말하는 것도 잊었다. 그리고 자신이 사담 후세인에게 다음주 목요일까지 로켓 다섯 대를 보내기로 약속했다는 사실을 마서에게 말한다는 것도 완전히 잊어버렸다.

쌍둥이자리 사장은 중대한 일이 발생하면 직원들의 가시 범위에 나타나기는 하지만 그에게서 집중력을 기대하기란 어렵다. 그와 이야기를 해야 한다면 가능한 한 빨리 끝내야 한다.

당신이 최근의 프로젝트에 대한 복잡한 회계 수치를 거대한 이윤과 마진, 이라크라는 세 단어로 요약해서 말한다면 그는 분명 당신의 가치를 높이 평가할 것이다. 모든 대화를 메모 형식으

부하들의 반란!

로 기록하는 것을 잊지 말라. 그렇지 않으면 당신의 못 말리는 쌍둥이자리 사장은 어떤 일이 일어났는지 잊을 뿐만 아니라 그것을 잊었다는 사실 또한 인정하지 않을 것이다.

이런 상황을 가정할 수 있다. 당신이 정말 회사의 로켓 과학자인 마서라고 말하고 당신의 쌍둥이자리 고용주에게 '만지지 마시오'라고 표시된 커다란 붉은 단추를 누르면 치명적인 방사능 분자가 건물 전체로 퍼져 모든 직원들이 귀에서 피를 흘리며 목숨을 잃게 된다고 여러 번 상기시킨다.

그러나 얼마 지나지 않아 그가 당신에게 이렇게 말한다.

"이봐, 당신! 거기 가슴 큰 당신 말이야! 내게 커다란 붉은 단추를 누르면 전 직원이 죽는다고 왜 말해 주지 않았나?"

이미 말했다고 하면 그는 당신을 대머리 거짓말쟁이라고 부를 것이다(틀린 말은 아니다. 최근 사무실에 유입된 고농도 방사능 덕분에 당신의 머리카락이 빠지는 속도는 위험 수위에 이르렀다). 그리고 당신은 혼자서 동료들의 시체를 대형 쓰레기 봉투에 넣어야 한다. 당신의 못 말리는 쌍둥이자리 사장은 유혈이 낭자한 광경을 참지 못하기 때문이다.

그의 증세를 불행 혐오증이라고 생각하며 당신은 시체의 수를 세기 시작한다. 가족을 잃은 친척들이 곧 달려와서 그를 죽일 것이라는 생각을 하면서 말이다.

쌍둥이자리 사장들에게 생사를 가르는 결정권을 주면 절대로

사고와 관념 속에 사는 쌍둥이!

안 된다. 그러나 불행히도 항상 그들에게는 매우 책임있는 자리가 주어진다. 단지 그들이 허세를 부리는 데 아주 능숙하다는 이유로 말이다. 제대로 된 학위도 없이 의사나 변호사가 되어 결과적으로 '용감한 외과 의사, 실수하다', 혹은 '나를 망하게 한 변호사'라는 제목으로 신문을 장식하게 된 사람들은 대부분 쌍둥이자리들이다.

비록 신장과 뇌, 또는 속옷과 법복을 구별하지 못하더라도 못 말리는 쌍둥이자리 사장들은 항상 자신의 분야에서 상당히 설득력있는 모습을 보여준다. 그런데 그런 대범한 연기가 무색하게도 그들 중에 연극이나 영화계에서 일하는 사람들은 별로 없다. 전문적인 연기에는 연습이 필요하기 때문이다.

대본도 외워야 하고 배역의 정신 세계에 몰입도 해야 하며, 관객이 내용을 이해할 수 있도록 충분한 시간 동안 연기해야 한다. 그러므로 무대 위에서 조명을 받으며 일하는 쌍둥이자리들이 있다면 그들은 오락 프로그램 진행자가 대부분일 것이다. 골치 아프고 심각한 일은 체질에 맞지 않기 때문이다.

그래도 좋은 순간은 있다. 당신이 사무실에서 마침내 쌍둥이자리 사장을 만나 그의 사악함과 불성실함을 질타하며 호기있게 사표를 던질 때이다. 이렇게 할 수 있는 것은 사장이 18홀 골프 경기를 끝내고 친구와 함께 현관을 지나며 플루토늄과 우라늄의 장점에 대해 나누는 이야기를 무심코 들었기 때문이다.

이 회사가 핵무기를 제조하는 비밀 공장이라는 당신의 의심은 사실임이 분명하다. 그러고도 아무 일 없었다는 듯 행동하는 그

부하들의 반란!

를 보고 약점을 잡았다고 생각한 당신이 용기를 냈다. 그런데 정
말로 그 대화가 아무것도 아니라면? …설마 그럴 리가… 그렇다
면 당신은 정말로 해고다.

월급을 올리는 방법

해고를 당한 다음날 출근해서 당신은 당신 자신을 양초밀랍
부서의 국내 영업부장으로 임명한다. 표준 임금과 지불 조건 계
약서 사본을 구해 위조한 것이다.

경마장에서 세 배의 돈을 따고 돌아온 사장에게 회사의 이윤
을 높였다며 추켜세우면서 위조한 서류를 보여준다. 기분이 좋아
진 그는 잘 위조된 그 서류를 기꺼이 검토할 것이다. 그리고 이
새 경리 직원(전직 접수계원)의 손에는 어느새 사장의 서명이 된 계
약서가 전해지게 된다.

승진하는 방법

간단하다. 당신에게 새로 할당된 역할이 양초밀랍 부서의 국
제 영업부장이라고 생각하라. 그렇게 해도 사장은 당신이 국내
영업담당이었다는 사실을 기억하지 못할 것이다.

그러나 조심하라. 엄청난 금액의 돈을 떡 주무르듯 할 수 있는

날은 얼마 되지 않는다. 야구 시즌이 끝나고 사장이 조직 재정비에 들어가면 당신은 다시 접수계원으로 돌아가야 한다.

못 말리는 사장을 몰아내는 방법

못 말리는 쌍둥이자리 사장이 양키 대 브레이브스의 경기를 보려고 회의실로 슬쩍 모습을 감추면 그의 사무실에 몰래 들어가서 당당한 자세로 그의 회전의자에 앉는다. 사장이 다시 돌아오면 거만한 표정으로 그를 보며 간단히 말한다.

"무슨 일입니까?"

자신이 사장이라는 사실을 완전히 잊어버린 그는 아무런 의심 없이 배전판 앞에 앉아 새로운 동료 접수계원(홍보의 귀재이던 아서)을 끊임없이 괴롭힐 것이다.

부하들의 반란!

9월 24일~10월 23일

못 말리는 천칭자리 사장을 표현하려면 우연과 상속이라는 두 단어가 필요하다. 경쟁이 치열한 사업의 세계에서 천칭자리들이 경영권을 쥐는 위치에 오르려면 단 두 가지, 우연이나 상속의 방법밖에 없는데 대체로 두 방법이 합쳐진 경우가 많다.

마음대로 안 되는 인생이란 바로 아무런 준비도 없이 갑자기 강인하고 무자비한 철권 통제가 필요한 거대한 사업체의 책임을 맡은 천칭자리 사람들의 인생을 의미한다. 이것을 부드럽게 표현하면 불운하다고 하겠다. 1987년 10월 중순에 일어난 주식 시장 폭락 사태도 우연은 아니다.

천칭자리 사람이 권력자의 위치에 오르는 일은 대부분 3대 위인 황소자리 증조부에서부터 시작된다. 황소자리 증조부는 손수

사고와 관념 속에 사는 풍상궁!

레에 든 과일이나 야채를 팔아 그의 땀이 어린 자그마한 건물을 지었다. 그 후 열정적이고 새로운 아이디어로 충만한 양자리 조부가 사업을 물려받아 작은 가게를 낸다.

염소자리인 아버지의 차례가 되면 사업의 규모는 작은 슈퍼마켓 열 군데와 트럭 다섯 대, 농장 여덟 채, 제분소 두 군데, 도살장과 양계장 각각 하나씩으로 늘어난다. 회사 주식의 30퍼센트를 소유한 아버지는 회사를 주식 거래소에 상장시키고 가족들로 이사회를 구성한다. 그리고 현재 거대한 소매업체 한곳과 노령 퇴직 연금 기금 두 곳, 그리고 감동적인 TV 광고를 내보내는 보험 회사의 지분을 소유하고 있다.

아버지가 은퇴하면서 그 자리를 어린 천칭자리(대학 성적은 나빴지만 옷은 잘 입는)에게 양도할 때쯤이면 회사는 3개 대륙에 걸쳐 40개 도시에 문을 연 대형 할인점과 항공사 하나를 소유하게 된다. 그리고 세계에서 두 번째로 큰 트럭, 수하물차, 컨테이너 선단을 보유하고 소유 농장의 전체 크기가 보츠와나[32]의 면적을 능가한다. 또한 보크사이트 광산 두 군데와 IBM의 핵심 협력업체인 컴퓨터 소프트웨어 회사 하나, 초고층 빌딩 열다섯 채, 세계적인 케밥[33] 식당 체인, 한국의 전화 회사, 파라과이의 정당, 앤틸리스열도[34]에 있는 작지만 내실있는 은행 하나를 소유한 상태

---

32) Botswana : 아프리카 대륙 남부, 중앙 내륙에 있는 나라로 면적은 우리나라의 약 6배

33) Kebob : 인도의 불고기 요리

34) Antilles : 서인도 제도의 일부

부하들의 반란!

가 된다.

　최고 경영자의 갑작스러운 사망으로 확장주의자와 합리주의자의 파벌들이 제국의 통제권을 얻으려는 살벌한 전쟁에 몰두하면서 이사회는 잔인한 싸움의 현장으로 변한다. 불안한 주주들과 언론의 억측, 3개국의 증권 거래 위원회로부터 받게 될 곤란한 질문에 직면한 이사회는 어떤 파벌에도 속하지 않은 구성원인 그를 대표로 선출한다는 적절한 타협안에 도달한다. 그가 파벌에 속하지 않은 이유는 아무도 그에게 회의에 참석하라고 요구한 적이 없었기 때문이다.

　이렇게 새로 선출된 천칭자리 사장은 갑작스런 언론의 관심에 어리둥절해하며 최신식 아르마니슈트(이사회를 위해 그날 아침에 구입한)의 구김을 황급히 펴면서 호기롭게 단상으로 올라간다.

　아직 시기가 이른 관계로 별문제가 일어나지는 않았다. 그러나 한 시간 후에 점심 식사를 하러 간 그에게 다음과 같은 중대한 첫 번째 딜레마가 찾아온다.

　천칭자리 : 토마토 샌드위치와 구운 치즈 주십시오.

　웨이트리스 : 아메리칸 치즈로 할까요, 아니면 체다로 할까요?

　천칭자리 : 음… 뭐가 다릅니까?

　웨이트리스 : 글쎄요, 맛이 다르지 않을까요? 무엇으로 하시겠어요?

　천칭자리 : 물론 그렇겠죠. [긴 침묵.] 아, 당신이 추천해 주세요.

　웨이트리스 : 저는 체다 치즈를 좋아합니다만, 손님이 결정하

세요.

　천칭자리[갑자기 확신에 차서] : 체다요? 좋아요, 그럼 체다로 하
죠.

　웨이트리스 : 위에 버터를 바를까요? 소금과 후추를 뿌릴까요?

　천칭자리 : 아… 저기요, 치즈 말고 그냥 파이로 하겠습니다. 그
리고 물수건 있습니까? 입술이 바짝 마른 것 같아서요.

　물론 이것은 경제 잡지 편집자들이 정의하는 '가장 극적이고
예기치 않은 한 회사의 몰락'이 있기 전에 천칭자리 사장이 내린
유일한 결정이다.

　둘째 날에 그는 사장실과 회의실의 인테리어를 바꾸어야 한다
는 결정적인 문제에 직면한다. 그는 모든 부서장들에게 메모를
돌려 색상과 가구, 천에 대한 아이디어를 구한 후 이 일을 전담할
위원회를 구성하기 위해 다시 한 번 메모를 돌린다.

　셋째 날에는 동향 분석가들이 '혁신적('믿을 수 없이 멍청한'과 같
은 의미)'이라고 표현하는 그는 자신의 주식 중개인에게 전화를
해서 조르지오 아르마니를 상대로 기업을 인수하도록 입찰하라
고 지시한다. 중개인들이 그에게 정말이냐고 묻자 그는 다시 연
락하겠다고 말하며 전화를 끊는다.

　넷째 날에는 부사장(남부 지방 근해 소매 담당)이 마카오 대형 할
인점의 부분적이고 단계적인 분리를 위하여 상하이 투자 회사와
의 점진적인 제휴와 통화 시장의 변동, 특히 항생 지수에 의해 측
정된 보다 넓은 지역의 소매 부문에서 크게 향상된 업무 수행에

대해 설정된 비용, 그리고 타이완(Taiwan), 남사군도(Spratly Islands)의 민감한 정치적인 상황과 그로 인한 아시아 국가들의 경제 악화, GATT 회담에서 G7 국가들이 제안한 부채 관련 원조 프로그램, 차용 조건의 재협상과 한계 세율의 분명한 보증에 대한 충분한 검토를 거쳐 제안된 조건을 고려하여 결정하라고 요구한다. 그러자 그는 나중에 다시 연락하겠다고 말한 뒤 기절한다.

다섯째 날에 그는 몬테카를로(Monte Carlo)로 긴 휴가를 떠나기로 한다. 그 소식은 주식 시장에 빠르게 퍼져 은행이 빚을 갚으라고 독촉하며 신문에는 그 영향으로 수백만 달러의 재정 손실이 예상된다는 제목 밑에 충격에 빠진 전 세계 지사 직원들의 얼굴이 보도된다.

뒤이어 들려온 소식은 입생로랑(Yves Saint Laurent)의 레저 웨어를 입은 천칭자리 사장이 로마의 한 거리에서 지나가는 사람들에게 손수 칠한 리어카를 보여주며 자기의 페인트 칠 솜씨가 어떤지 묻고 있었다는 이야기다.

월급을 올리는 방법

재빨리 행동하라. 시간은 당신 편이 아니다. 직접적으로 임금 인상을 요구하지 말라. 못 말리는 천칭자리 사장은 분명 당황해서 다음에 다시 이야기하자고 말할 것이다.

대신, 그가 이미 임금 인상에 동의했다고 말하고 그가 입은 스

사고와 관념 속에 사는 풍상궁!

포츠 재킷을 칭찬한 다음에 바로 계약서를 내민다. 그러면 그는 주저함없이 즉시 서류에 서명할 것이다. 그렇게 하지 않으면 바로 논쟁과 협상이 이어질 테고 그건 그가 경기를 일으킬 만큼 싫어하는 상황이다.

여기서 한 가지 주의해야 할 점이 있다. 계약서를 작성할 때 쓸데없는 규정들을 장황하게 늘어놓도록 해라. 아주 만족스러운 결과를 얻게 될 것이다.

승진하는 방법

조사를 한 후, 열심히 로비하라. 사장에게 직접 승진을 요구하는 일은 분명 좋은 생각이 아니다. 당신이 자신의 근무 기간과 업무 능력, 업무 수행 결과, 충성심, 신용, 인기, 열정, 정열, 헌신, 훌륭한 패션 감각을 부각시키기 위해 신중하게 문구를 선택해서 작성한 문서는 '계류 중'이라는 표시가 붙은 채 사장의 책상 위 높이 쌓인 서류들 속에 섞이고 말기 때문이다.

천칭자리 사장이 자리에 앉은 후 12주가 지나도 회사가 여전히 돌아간다면 그건 분명 누군가 숨어서 필요한 결정들을 내리고 있다는 의미이다. 당신의 의무는 그 사람이 누군지 찾아내는 일이다.

그 사람은 사장의 비서일 가능성이 높다. 사장실의 커다란 문에 붙은 이름표가 바뀐 이래로 각 부서장들은 사장을 귀찮게 할

필요 없이 비서에게 일상적인 서류들의 결재를 부탁했기 때문이
다.

이제 그 비서는 회사의 업무와 전망에 대한 모든 상세한 지식
을 습득했다. 그녀는 흥분하지 않고 조용히 얼마 안 되는 자신의
저축을 털어 투자하고 이제 며칠만 있으면 차입 자본을 이용해
회사의 주식을 매점하게 될 것이다. 그리고 멋진 양복을 입은 매
끈한 얼간이가 회사에서 쫓겨나는 모습을 볼 것이다.

이런 계획을 알아냈다면 그 비서에게 가서 정말로 성공하고
싶다면 나의 도움이 유용할 것이라고 조용히 말하라. 그녀는 헛
소리하지 말라고 할 것이다. 그러면 다른 전술을 구사하라. 그 계
획이 신문에 폭로되어 주식 가격이 올라가면 다음 주가 되기도
전에 사장이 테니스코트에서 돌아올 것이라고 협박하라.

이 정도 되면 그녀는 당신의 제안에 동의하며 미스를 지을 것
이다. 그런데 이상하게도 그녀의 눈은 새끼고양이를 발견한 악어
처럼 빛이 난다.

못 말리는 사장을 몰아내는 방법

그가 사장으로 있는 회사는 그의 우유부단한 지도력에도 아랑
곳없이 건재하므로 그를 몰아내는 일은 매우 어렵다.

이사회에서 사장의 활동에 의문을 제기하는 기본적인 전략은
먹혀들지 않는다. 사장은 전혀 활동한 적이 없다는 사실을 기억

사고와 관념 속에 사는 풍상궁!

하라.

　사장을 몰아내려는 행위는 동료들 사이에선 인정받을 수 있다. 하지만 천칭자리 사장이 그 일로 당신에게 위협을 느끼리라고 생각해서는 안 된다. 오히려 친칭자리들은 당신의 전략을 재미있는 놀이쯤으로 생각한다.

　그는 당신의 대담함에 미소를 보내며 당신 마음대로 하게 내버려 둔다. 어차피 자신이 어떻게 생각하든 간에 당신은 당신의 계획을 분명히 추진할 것이기 때문이다. 좋은 일이다. 어차피 당신도 그의 생각은 물을 뜻이 없었다.

　따라서 사장은 자신을 몰아내려는 당신의 계획에 대해 생각할 필요가 없어진다. 그리고 그것들을 생각하면서 자기가 그 계획을 어떻게 생각하는지 결정할 필요 역시 없게 된다.

　이렇게 생각만 하고 아무런 결정을 내리지 않는 사장을 업무상의 과실이라는 이유로 몰아낼 가능성은 희박하다. 다만 확실한 방법이 한 가지 있기는 하다. 사표를 써라. 퇴직금으로 리어카를 한 대 사서 열심히 일하라. 그리고 기다려라.

부하들의 반란!

물병자리인 사람들만큼 체질적으로 양복이 어울리지 않는 사람도 없다. 물병자리들은 사업이라는 말 자체를 싫어하고 경쟁적인 분위기를 혐오하며, 착취를 견디지 못하고 이윤 추구라는 개념 자체에 대해 근본적인 윤리 문제를 제기한다(물병자리들 중에는 대형 비프스테이크를 좋아하는 사람도 전혀 없는데 이건 또 다른 이야기다).

일반적인 물병자리 사장은 독특하고 사회적 책임이 있는, 가령 채식주의 개를 위한 사료 마케팅과 같은 안건을 계획해 칼리굴라 황제[35]가 무색하리만치 무자비하고 은밀하며 인색하고 잔인하게 추진한다(이 소녀는 왜 울고 있을까요? 아끼던 다트무어 종 조랑

---

35) Caligula : 고대 로마의 제3대 황제로 잔혹한 독재 정치를 강행

사고와 관념 속에 사는 풍상궁!

말이 눈앞에서 산 채로 가죽이 벗겨져 개 사료가 되었기 때문입니다. 당신의 개에게 채식 사료를 먹이십시오. 채식 사료에는 '야채사랑'이 좋습니다!). 자본주의에서 뉴에이지로 강제 이동을 주도할 수 있는 사람은 물병자리 사장밖에 없다.

물병자리 사장들은 정말로 함께 일하기에 매우 고약한 사람들이다. 그들은 너무나 공정하고 이성적으로 사업을 운영하기 때문에 직원들은 욕을 퍼붓고 싶어도 주먹을 움켜쥐고 억지로 참는다. 직원들의 움켜쥔 주먹 안에는 방금 도착한 '죽어가는 계곡 국립 공원을 살리자'라는 제목의 역겨운 포스터가 말려 있다.

물병자리들은 사장이라는 개념 자체를 완고히 거부한다. 그들은 자신의 역할을 조직 간의 업무 효율 증대와 동기 유발이라고 규정 짓고 우울증 치료제의 공급이 끊기는 등과 같은 극단적인 상황이 발생할 때면 한 번씩 조직 간의 촉매 역할도 하고 있다고 생각한다. 그들의 사업 목표는 이윤 추구가 아니며 오직 더 나은 세상을 만든다는 사명감으로 일한다. 그 과정에서 벌어들이는 돈은 단지 부수적인 결과일 뿐이다.

물병자리가 운영하는 회사의 근무 환경에는 두 가지 특징이 있다.

첫째, 사장은 자신을 '사장' 혹은 '~님'으로 부르지 말고 그저 '철수 씨'나 '영희 씨' 혹은 '신성한 지성의 빛 스와미[36]'라고 부르게 한다.

둘째, 정보의 공유다. 못 말리는 물병자리 사장들은 지식이 공

---

36) Swami : 힌두교의 학자, 종교가에 대한 존칭

부하들의 반란!

공 자원이라고 믿는다. 실질적인 측면에서 이 말을 해석하면 이렇다. 그들은 단순한 대화가 아니라 지식 공유라는 적극적인 호의를 베푼다는 목적으로 당신의 책상 모서리에 걸터앉은 채, 비인간적인 상업 세계의 명령에 대항해서 자신의 영적인 고결함을 유지하기 위해 매일 마주 보며 개인적이고 철학적인 딜레마를 계속해서 이야기한다.

물병자리들은 책을 넓고 깊게 읽으며 어둡고 외진 역사의 구석에 감춰진 지식을 탐구한다. 따라서 사장은 가까이 앉아 장부를 정리하는 당신의 손을 멈추게 하더니 한숨을 내수며 난데없이 이렇게 말한다.

"2세기에 아풀레이우스[37]는 이렇게 말했지. '당신'이 원한다면 우리는 물고기가 본래의 목적 외에 마법을 발휘하는 데 유용하다고 가정할 수 있다. 그러나 그렇다고 물고기를 잡은 사람은 누구나 마술사임이 증명되는가?' 이런 어려운 생각들을 하고 있으니 내가 밤에 잠을 못 자는 것도 당연하지 않은가?"

그런 다음 사장은 당신의 대답도 기다리지 않은 채 카키색 작업복 바지의 벨트를 추스르면서 팔레스타인 산(産) 타월을 목에 두르고 돌아가 커다란 책상에 앉는다. 그리고 중개인이 제안한 윤리 투자 신탁의 잠재적 수익률과 세금 체계를 무시할 수 있는 가능성에 대해 두 시간 동안 곰곰이 생각한다.

---

37) Apuleius : 로마 철학자

사고와 관념 속에 사는 풍상궁!

　물병자리들의 상업적 행위는 양심과 이상주의라는 장애물 때
문에 제약이 많이 따른다. 경험으로 볼 때 다음과 같은 제품들의
소매, 제조, 마케팅과 관련된 사업체라면 사장이 물병자리일 가
능성이 크다.

・재활용 종이 냅킨　・마직 T셔츠　・기타 마직물 제품　・자기로 만
든 돌고래　・다양한 콩 작물　・캐롭[38] 케이크　・감자 카레　・기타
모든 변비 치료제　・이웃과 함께 하는 주말 상품　・알파카 모직 점퍼
・알파카[39]　・타조　・나사　・정치 지망생　・걱정을 완화시킨다는
파라과이 인형　・미국 인디언 귀걸이　・발리 산(産) 도자기　・나이
지리아 산(産) 도기　・향　・유향　・몰약[40]　・엑스터시, 애시드[41], 코
카인, 페요테[42]　・패션 액세서리　・회향 열매　・버섯 혹은 효모균
・인조 모피　・철학　・J.R.R 톨킨(J.R.R Tolkein)의 저서　・내면의
아름다움을 발견하는 일에 관한 책　・『아름다움의 신화(The Beauty
Myth)』[43] 속편　・팔다 남은 책 모두　・고대 중국동전, 룬[44], 타로 카
드　・폭포, 바다, 혹은 노래하는 향유고래의 영상이 담긴 CD　・허브
차　・두유 스무디　・크리스털 제품　・불상　・그 외에 포장을 할

---

38) 쥐엄나무와 비슷한 콩과의 나무로 열매는 사료로 쓰임
39) 남미 페루 산 가축
40) 향료나 약제용으로 쓰이는 향기있는 수지
41) LSD(환각제)의 속칭
42) 멕시코 산 선인상의 일종, 혹은 그것으로 만든 환각제
43) 나오미 울프(Naomi Wolf)의 저서
44) Rune : 고대 게르만인의 문자

부하들의 반란!

때 액체가 흘러나오거나 이상한 울음소리를 내지 않는 것들.

그러나 출근 첫날, 물병자리 사장이 당신을 환영하고 친근하게
서로 이름을 부르자고 말하며 정향담배를 건네고 『티베트 사자의
서(The Tibetan Book of the Dead)』의 내용을 인용하며 들장미 열매
로 만든 차를 대접한다고 해서 쉬운 직장 생활을 기대한다면 착각
이다. 뿐만 아니라 중대한 실수를 범하는 일이기도 하다.
　못 말리는 물병자리 사장들은 자신이 자본주의 체계의 피해자
라고 생각한다. 결국 사람들은 사랑과 평화, 조화, 그리고 시아추
45)만 있으면 물병자리들을 충분히 만족시킬 수 있다는 사실을
알게 된다. 영혼의 깨달음에 돈은 귀찮은 장벽밖에 되지 않는다
는 사실도 말이다.
　그러나 세상은 완벽함과는 거리가 멀다. 따라서 못 말리는 사
장들과의 게임에서 승리하고 권력을 차지하는 최선의 방법은 악
마 같은 돈을 향해 가운뎃손가락을 치켜들어 보이며 한적한 시골
에 통나무 집을 지어 자유롭게 사는 것이라고 말한다.
　절대로 실수하지 말라. 물병자리 사장은 잘못 구워진 부활절
칠면조 요리처럼 딱딱한 사람들이다. 그들은 너무나 정직해서 돈
을 내지 않고는 클립 한 개도 가져가지 않는 사람인데 그런 그들
은 당연히 다른 직원들도 똑같은 마음일 것이라고 생각한다.
　물병자리 사장이 이끄는 회사에는 모든 일이 꼼꼼하게 문서로
작성되어 있다. 심지어 재활용 종이 수집함마저도 사무실 집기의

---

45) Shiatsu : 지압의 일본 이름

사고와 관념 속에 사는 풍상궁!

목록에 포함되어 매달 행해지는 에너지 감사에서 중요하게 다루어진다. 화장실에 전등을 켜놓는 일은 해고를 당해도 할 말이 없는 범죄인 것이다(전기 낭비는 가톨릭 유치원 문 앞에서 동성애 찬성 시위를 벌이는 일보다 더 큰 죄라며 지구는 우리의 아이들에게서 빌려온 깨지기 쉽고 유한한 선물이라는 그의 지루한 강의를 듣는 데 비한다면 해고당하는 편이 그래도 낫다).

그들은 자유에는 책임이 따른다고 말한다. 그리고 책임을 진다는 것은 사소한 일에 주의를 기울인다는 의미라고 말한다. 결국 윤리적으로 청렴함을 유지하는 일은 사업을 하면서 진지하게 고려해야 할 부분이다. 누구보다 나은 사람이 되고 싶은 것이 소망인 물병자리들은 직원들이 자신과 뜻을 같이하지 않으면 참지 못한다. 그들은 아직도 고기를 좋아하는 개들은 너무나 많고 전설에 나오는 마법의 물고기에 대해서도 좀 더 의미를 되새겨야 한다고 생각한다.

그들은 이렇게 정말 중요한 일을 한다. 그런데도 휴가 신청서를 낼 생각인가? 부끄러운 줄 알라.

월급을 올리는 방법

당신은 사장이 자본주의를 개혁하는 데 전념한다고 생각한다. 부를 축적하는 일에는 전혀 관심이 없고 평등과 원칙을 중요시하며 충성스러운 직원들이 약간이라도 임금 인상을 요구하면 뒤로

부하들의 반란!

넘어갈 만큼 충격을 받는 사람이라고 말이다.

그러나 마음을 굳게 먹고 임금 인상을 요구하면 어떻게 될까? 못 말리는 물병자리 사장은 미간을 찌푸리며 예민해 보이는 얇은 입술 사이로 슬프고 긴 한숨을 내쉴 것이다. 그는 이 복잡한 행성 위에 굶주리는 사람들이 십억 명이라고 말한다. 또 이런 말을 듣고도 아무런 느낌이 없느냐고 물을 것이다. 설명은 침착하게 계속 이어진다.

"자네에게 임금을 인상해 주면 회사 전체가 위험에 빠지네. 순수익의 0.05퍼센트를 세계 야생 동물 기금에 기부하던 일이 중단될 것이야. 제3세계 국가에서 영양 실조로 죽어가는 영아들을 더 이상 후원할 수 없게 될지도 몰라. 내가 추진하는 자선 재료로 만드는 샌드위치 레스토랑과 자연 치유 센터의 개업도 연기될 수 있고 말이야. 이 계획은 12개월 안에 투자 자본의 15퍼센트를 회수할 가능성이 충분하다네."

못 말리는 물병자리 사장들은 이기적인 직원을 가장 견딜 수 없어한다.

승진하는 방법

아무 일도, 아무 걱정도 하지 말라. 물병자리 사장이 운영하는

사고와 관념 속에 사는 풍상궁!

회사의 이직률은 매우 높다. 티모시 리어리[46]의 말을 인용하며 끝없는 훈계를 늘어놓고 대두, 디카페인, 저지방과 관련된 제품들만 고집하는 사장의 취향을 더는 견딜 수 없는 직원들이 줄지어 사표를 쓰기 때문이다.

만약 발륨[47]을 안정적으로 공급받을 수 있고 휴직 기간 동안 『쉐이프』[48] 잡지를 읽으며 섬세한 외모의 예술에 대해 공부한다면 일주일 안에 회사 내에서 더 나은 직책을 얻을 수 있을 것이다.

못 말리는 사장을 몰아내는 방법

여기서 우리는 주의를 기울여야 한다. 물론 당신이 물병자리이거나 위선과 속임수, 그리고 거짓 증언의 축제를 능히 열 수 있는 사람(쌍둥이자리)이 아닌 이상 사장의 자리는 원하지 않는다.

다른 별자리들은 사장의 자리에서 주어지는 혜택과 특전을 즐길 수 없다면 그 자리에 오르는 의미가 없다고 생각한다. 물론 물병자리 사장들에게는 전혀 먹히지 않는 말이다.

물병자리 사장들은 사장의 자리가 주는 특전을 달가워하지 않는다. 오히려 사장이란 고통스러운 자리라고 믿는다. 이웃을 생

---

46) Timothy Leary : 미국 대항 문화의 상징, LSD(환간제)의 전도사
47) Valium : 정신 안정제(상표 명)
48) Shape : 미국에서 발행되는 건강 관련 잡지

부하들의 반란!

각하는 마음이 예전보다 못하다고 해서 사장 자리를 달가워하지 않는 사람은 지구상에 못 말리는 물병자리들밖에 없다.

그래도 그 자리에 오르고 싶다면 사장이 늦게까지 일하는 날을 기다려라. 접수계원의 자리에 있는 크고 단단한 크리스털을 들고 사장을 짧고 날카롭게 연속 동작으로 타격을 가하라.

경찰의 심문에서는 겁에 질린 얼굴로 세계 은행과 정부 내의 개발주의 파벌들이 주도한 물병자리 사장을 퇴진시키기 위한 음모를 슬그머니 털어놓아라. 그러면 혐의는 바로 풀릴 것이다. 그 다음에는 핏자국을 가리기 위해 태즈메이니아(Tasmania) 섬 황무지를 찍은 포스터를 주문해서 붙인다.

사고와 관념 속에 사는 풍상궁!

^{4장} Water Signs
의심이 많고 소심한 수상궁!

게자리, 전갈자리, 물고기자리

게자리
학명 : Cancer   약자 : Cnc   영문 : Crab
위치 : 적경 8시 30분 적위 북 20도   면적 : 506도

전갈자리
학명 : Scorpius   약자 : Sco   영문 : Scorpion
위치 : 적경 16시 20분   적위 남 26도   면적 : 497도

물고기자리
학명 : Pisces   약자 : Psc   영문 : Fishes
위치 : 적경 0시 20분 적위 북 10도   면적 : 889도

웃음거리가 되거나 거절당하는 일을 참을 수 없는 사람이라면 처음부터 사장이 될 자질이 없다. 그러나 어떤 기적적인 운명의 장난으로 수상궁 사장들이 존재하게 되었다.

사장이 말도 안 되는 자신의 아이디어를 직원들이 비웃었다는 이유로 화장실에서 훌쩍이는 일이 잦다면 수상궁이 틀림없다.

어느 날 늦은 밤에 할 일이 남아 사무실에 왔는데 사장이 당신의 서랍을 뒤지거나 당신의 이메일을 읽고 있었다면 그도 수상궁이다. 그리고 사장이 일몰 시간까지 사무실에 앉아 있을 확률을 경마 사무소에서 100분의 1로 본다고 가정했을 때 거기서 1은 물고기자리일 가능성이 높다.

화장실에서 울거나 감시 카메라로 당신을 감시하거나, 혹은 사업 관련 세미나에 참석할 때를 제외하면 수상궁 사장들은 사무실에서 숨어 당신에게 잡히기 전에 선수를 치려고 복수의 칼날을 갈고 있다.

이들은 당신이 자신보다 일을 잘한다는 사실을 안다. 그러니 전화기 저쪽에서 이상한 소리가 나더라도 궁금해하지 말라(도청 중이다).

최근에 당신의 사무실 창이 벽돌로 막혔다 해도 초조해하지 말라(당신은 그런 대우를 받을 만큼 잘못한 일이 없다). 그리고 이 도시에서 다시 직장을 얻을 수 있을지 걱정하지 말라(절대 못 얻을 것이다. 사장은 이미 당신이 믿을 수 없는 사람이라는 거짓 소문을 사방에 퍼뜨렸기 때문이다).

수상궁 사장들은 도대체 누가 직원인지 알 수 없게 하여 당신을 혼란스럽게 한다. 그러나 절대로 이 사실을 지적해서는 안 된다. 안 그래도 그들은 충분히 불안하다.

게자리

☞ 겨울철의 마지막 별자리로 사자자리와 쌍둥이자리 사이에 있어서 찾기가 쉽다. 언뜻 보면 의자를 세워놓은 모양을 하고 있는데 1월부터 3월까지가 이 별자리를 관측하기에 가장 좋은 시기이다.

전갈자리

☞ 황도상에서 가장 남쪽에 위치한 별자리로 여름 밤 남쪽의 지평선 하늘을 바라보면 띠처럼 길게 늘어뜨린 S자 모양의 별자리를 볼 수 있다. 이 S자의 끝은 갈로리처럼 구부러져 있으며 이 전갈의 꼬리는 은하수 속에 담그고 있다고 한다. 전갈자리를 관측하기에 가장 좋은 시기는 5월 말부터 7월 말 사이이다.

물고기자리

☞ 황도 12궁 중에서 마지막인 제12궁에 해당하는 별자리로 8월 말에서 10월 사이의 밤하늘을 보면 찾아볼 수 있다. 이 별자리는 영어로 커다란 V자 모양을 하고 있는데 이것을 보고 두 마리의 물고기가 서로 다른 방향으로 뛰어오르는 모습이라고 하는 사람도 있고, 두 마리의 물고기가 끈으로 연결되어 있는 모습이라고 하는 사람도 있다.

못 말리는 게자리 사장

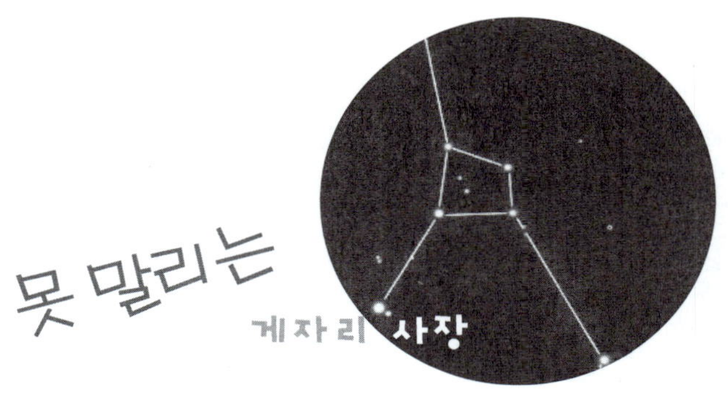

세계 역사상 줄리어스 시저[49]를 제외하고는 직원을 해고한 게자리 사장은 없었다(그때도 궁극적인 제거 대상은 직원이 아니라 도시였다). 그러나 게자리 사장 밑에서 일하던 직원들은 정리 해고와 구조 조정, 조직 합리화, 프리랜서, 계약 중지, 급파, 혹은 전략적인 노동 시장 배정이라는 미명 하에 회사를 나와야 했다.

못 말리는 게자리 사장들은 체질적으로 자신의 속마음을 말로 표현하는 데 서툴다. 게자리 사장과 나누는 대화는 마치 선문답과 같다. 반드시 해석이 필요한 것이다. 그들은 고객을 대할 땐 코걸

---

49) Julius Caesar : 영국의 극작가 셰익스피어의 비극에 나오는 인물로 폼페이를 격파하고 독재적 권력을 잡았다가 친구인 브루투스에게 암살을 당함

의심이 많고 소심한 수상궁!

이를 하지 말라고 대놓고 말하지 않는다. 대신 이렇게 묻는다.

"그 장신구를 하고 있으면 편안한가요?"

대답을 하기 전에 잘 생각하라. 당신은 이 직장을 떠나면 갈 곳이 없다. 그리고 못 말리는 게자리 사장들은 결코 쉽지 않은 사람이라는 사실을 유념하라. 시간을 내서 사장에 대해 당신이 알고 있는 모든 사항을 나열하라. 일주일에 닷새 동안은 만나는 사람이니 고무나무 화분을 갖다 놓고 뒤에 숨어서라도 사장을 유심히 관찰하라. 당신을 진딧물로 여기고 자유롭게 행동하는 사장의 모습을 볼 수 있기를 기대하라. 운이 좋다면 당신은 이런 결론을 얻게 될 것이다.

> *재미있게 말한다.*
> *변덕스러운 인간이다.*
> *어…*

그걸로 끝이다. 비싼 포스트잇만 날렸다. 게자리 사장 밑에서 일하는 것은 발트해 연안 제국을 통과하는 고속도로를 혼자 질주하는 일과도 같다. 표지판만 수없이 많고 설명은 전혀 없는 도로를 언제 터질지 모르는 폭탄을 실은 채 말이다.

못 말리는 게자리 사장들을 '변덕스럽다' 고 한다면 브루나이의 술탄을 '부유하다', 마이클 잭슨을 '좀 이상하다', 토리 스펠

부하들의 반란!

링50)을 '운이 좋다' 고 말하는 것만큼이나 정확한 표현일 것이다. 어떤 사람들은 게자리들의 기질과 태도가 자주 변하는 이유를 달에 돌리기도 한다.

그러나 못 말리는 게자리 사장들의 경우에 그 원인은 태양이다. 태양은 복잡한 내장 질환과 만성 우울증을 유발한다. 월요일 아침, 사장이 사무실에 나오기 전까지 사람들은 희희낙락하며 지난 주말에 경험한 모험에 대해 오랫동안 이야기꽃을 피운다(물론 다른 사람들의 모험에 대해서다). 그러나 뒤에서 사장이 브르는 소리에 틀니가 빠지고 들고 있던 커피 잔이 날아갈 만큼 놀란다. 사장은 당신이 회계 장부에 긍정적인 공헌을 하고 있다고 말한다. 그 말은 당신이 오늘은 해고되지 않을 것이라는 뜻이다.

그러나 화요일에 드디어 태양의 흑점이 활동을 개시한 모양이다. 사장은 목에 핏대가 서도록 천둥 소리와도 같은 고함을 지르며 사무실에 들어와 어제 계획한 일이 반밖에 끝나지 않았다며 추궁한다. 그리고 당신에게는 직원들의 능률에 더 신경 쓰라고 소릴 지른다. 그 말을 대충 해석하자면 만일 당신이 점심을 먹으러 가면 오늘 오후에 잘릴 줄 알라는 뜻이다.

수요일에는 다시 안정이 찾아온다. 그러나 어디까지나 당신이 저녁 약속을 위해 미용실에 갈 시간을 손꼽아 기다린다는 이야기를 무심코 하기 전까지이다. 순식간에 사장의 눈이 가늘어지고 빙하 시대가 도래한다. 사장실의 문은 부서질 듯 닫히고 하루 종

---

50) Tori Spelling :『무서운 영화 2』에 출연한 여배우

의심이 많고 소심한 수상궁!

일 한마디도 들려오지 않는다.

목요일도 금요일도 마찬가지다. 못 말리는 게자리 사장에게 끔찍하고 고통스러운 연애 경험을 남긴 대상이 미용사였다는 사실을 사장실 비서가 당신에게 말해 주지 않았기 때문이다. 불쌍한 그는 책상 밑에 쪼그려 앉아 무릎을 가슴에 댄 채 훌쩍거리며 비서가 불러도, 경찰에서 파견한 협상가와 친척들이 와서 눈물 젖은 손수건을 흔들며 확성기에 대고 설득을 해도 나오지 않는다.

못 말리는 게자리 사장에게는 그냥 넘어가는 일이 없다. 게자리들의 수시로 변하는 기분과 마약에 쉽게 중독되는 성향 앞에서 직원들이 할 수 있는 일이란 거의 없다. 그래도 만일 당신이 조그만 변화에도 조직이 흔들리는 공공 서비스업에 종사한다면 전략적으로 마약은 분명히 이용 가치가 있다. 만약 게자리 사장의 밑에서 자리를 보전하는 방법을 도저히 모르겠다면 최소한 그 못 말리는 늙은이의 말을 해석하는 방법이라도 깨우쳐야 한다(게자리 사장이 운영하는 회사에서 자리를 보전하는 방법을 완벽히 습득한 직원은 아직 없다). 그러면 여기에서 못 말리는 게자리 사장의 말을 이해하기 위한 요령을 알아보자. 이 부분을 오려서 가지고 다니며 수시로 참고하기 바란다.

사장의 말 ☞ 속뜻

• 당신은 위기에도 항상 침착하군요.

부하들의 반란!

☞ 열심히 일하지 않는군.

· 나는 사람을 겉모습만으로 판단하면 안 된다고 생각합니다.

☞ 자네 셔츠는 너무 지겹군. 다시 눈에 띄면 각오해야 할 거야.

· 고객은 왕입니다.

☞ 만일 자네가 우리 회사의 실내 체육관을 사려는 눈먼 절름발이 연금 수령자와 이야기하는 모습이 한 번만 더 내 눈에 띄면 해고당할 줄 알게.

· 이제는 우리 회사도 성희롱 방지 정책을 세워야 할 때입니다.

☞ 나와 저녁 같이 하지 않겠나?

· 네바다 주에서 열리는 고위급 회의로 목요일까지 출장입니다.

☞ 나와 임원들 스무 명은 라스베이거스로 놀러갈 거야.

· 요즘은 어려운 시기입니다.

☞ 자네를 해고할 생각이야.

· 요즘은 매우 어려운 시기입니다.

☞ 모든 사람을 해고해야겠어.

· 지금 사적인 전화 통화를 하고 있습니까?

☞ 자네는 지난 주에 해고됐는데 몰랐나?

· 잠깐 이야기 좀 할까요?

☞ 자네는 해고야.

· 하는 일에 만족합니까?

☞ 자네는 해고야.

의심이 많고 소심한 수상궁!

· 저번 보고서를 보고 감동했습니다.

☞ 자네는 내게 위험한 존재라서 해고해야겠어.

· 사람들의 감정을 살피는 일이 중요합니다.

☞ 빌어도 소용없어. 자네는 해고야.

· 마음을 가라앉히고 그 총 내려놓게.

☞ 마음을 가라앉히고 그 총 내려놓게.

월급을 올리는 방법

못 말리는 게자리 사장 밑에서 임금 인상을 따내는 일은 매우 간단하다. 단 한 가지 유의할 점은 타이밍이다.

마지못해 하는 감사에서부터 펄펄 끓는 분노까지 못 말리는 게자리 사장이 표현하지 않는 인간의 감정이란 없다. 핵심은 그 감정을 제대로 파악하는 일이다. 사장이 행복하고 긍정적인 감정을 느낄 때까지 기다리는 일이 무엇보다 중요하다.

우리가 계산하기로는 2007년 8월 14일 목요일 오후 3시 15분에서 5시 45분 사이[51]가 바로 그때이다.

승진하는 방법

---

51) 압니다, 알아요. 2007년 8월 14일은 화요일이지요. 감사합니다, 처녀자리님

부하들의 반란!

정상은 외로운 자리다. 누구에게도 마음을 털어놓지 않는 못 말리는 게자리 사장들은 이런 외로움을 누구보다 많이 느낀다. 따라서 승진은 사장의 신뢰를 얻을 수 있는가 아닌가에 달렸다. 두 어깨에 무거운 짐을 진 사장의 고초를 당신이 이해한다는 사실을 납득시킨다. 그리고 짐은 나누면 반이 되며 의논 상대가 필요하면 항상 달려가겠다고 말한다.

이는 상당히 긴 시간이 필요한 일로 누구도 정확한 때는 알 수 없다. 사장의 고뇌에 이따금씩 고개를 끄덕이며 걱정을 나누다 보면 며칠 지나지 않아 확실한 동지애를 구축할 수도 있다.

이렇게 되면 이번에 생길 이사회의 공석은 당신 자리라고 봐도 무방하다. 그렇게 오랫동안 기다리면서 당신은 놀라운 사실을 알게 된다. 그것은 사장이 입양되었으며 입양 기관의 사무원이 실수로 생일을 잘못 기재했다는 사실 말이다.

어쩐지 이상하다고 생각했다. 사장이 정말로 게자리라면 이런 술수에 결코 넘어가지 않았을 것이다. 진정한 게자리 사장은 속마음을 내보이지 않기 때문이다.

못 말리는 사장을 몰아내는 방법

어렵지만 전혀 불가능한 일은 아니다. 사장이 실제로 무슨 일을 하는지 당신이 안다면 사장의 자리를 차지할 가능성이 있다. 다만 게자리 사장이 운영하는 근무 환경에서 이 정보는 기밀에

의심이 많고 소심한 수상쩍!

속한다.

그래도 분위기가 순조롭다면 사장의 입은 결국 열릴 것이다. 물론 못 말리는 게자리 사장들이 말하는 방식을 통해서 말이다.

"실례지만 정확히 사장님은 무슨 일을 하십니까?"

"글쎄요, 나는 투자 자본과 인적 자원의 빈틈없는 관리로 특정한 부서에 다양한 서비스를 제공하는 일을 합리화함으로써 회사의 지출과 유지 보수 비용을 제한하여 수입을 순수 흑자로 이어지게 합니다."

"유지 보수라고요! 그 일은 저도 할 수 있습니다. 대걸레와 스위스제 군용 나이프만 주시면 됩니다. 저를 파트너로 삼지 않으시겠습니까?"

그러면 사장은 당장 노동력 수요 공급의 조절과 배치에 관해 짧게 말을 한다.

"실직자 구직 센터는 세 블록쯤 내려가서 주류 판매점을 끼고 왼쪽으로 돌면 보인다네."

부하들의 반란!

못 말리는 전갈자리 사장

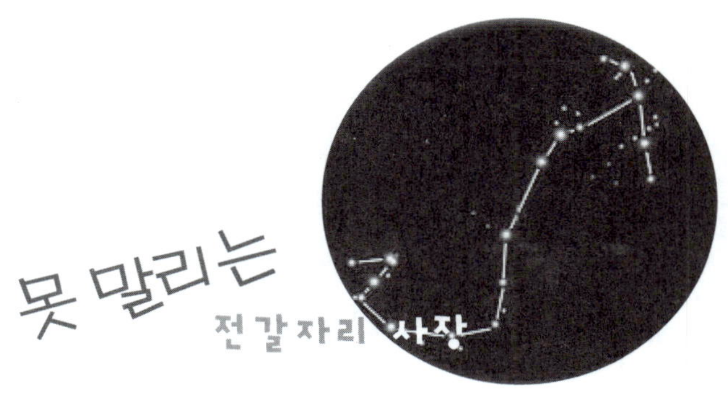

$만$약에 어떤 시장 조사 연구원이 전 세계의 못 말리는 전갈자리 사장을 모아서 커다란 방에 가둬두면[52] 아마 다음과 같은 세 가지 결론이 나올 것이다.

첫째, 몇 초도 지나지 않아 똑같은 전갈자리들이 벽에 등을 바짝 붙이고 서서 서로에게 의심스러운 눈길을 던진다.

둘째, 그들이 없어진 사무실에서는 전갈자리 사장의 필수품인 전자 감시 장치의 구매가 급격히 감소하는 동시에 봉지 차, 쿠키, 책상, 컴퓨터와 같은 사치성 물품들의 수요가 급격히 증가한다.

---

52) 그러나 만약 같은 시장 조사 연구원이 전 세계의 전갈자리 사장들을 모아 액체 시멘트에 넣는다면 사회 정화는 시작된 것이다

셋째, 요구한 개인용 컴퓨터를 받은 모든 직원들은 살상력이 강한 폭탄 제조법을 찾으려 인터넷을 뒤진다. 그 다음에 같은 시장 조사 연구원이 전갈자리 사장이 운영하는 회사를 다닌 경험이 있는 사람들을 모두 불러 모으자 다음과 같은 결과를 예상할 수 있었다.

"아이고, 그 못 말리는 사장 사무실에 배달을 가면 아주 섬뜩했지요."

오토바이 배달원.

"예, 그 회사 직원들은 모두 안절부절못했죠"

운동 신경 장애인 구호금 조성을 위해
기업 방문 활동을 한 자원 봉사자.

"놀라운 일도 아닙니다. 제가 꽃값을 속이지는 않는지 항상 감시하는 사람이 있는 것 같았죠."

꽃 배달 청년.

"주문서에 서명하기 전 500매씩 묶인 종이 다발을 하나하나 확인해야 직성이 풀리는 그 사장이 정말 싫었습니다."

사무용품 공급업자.

"워치타워53) 책자 사실 분 있습니까?"

---

53) Watch Tower : 여호와의 증인에서 운영하는 성서 책자 협회

부하들의 반란!

"아니오, 나가세요. 나는 옆방에 들어가서 이 치명적이고 파괴적인 폭탄을 설치할 겁니다. 결국 물을 부어버리고 말 테지만요."

당신.

물론 이 시점에서 당신과 동료들은 옆방에 있는 듯 말리는 전갈자리 사장이 벽에 귀를 대고 그 대화를 다 들었으며 은밀하게 휴대 전화로 누군가와 통화했다는 사실을 모르고 있다.

권력을 잡은 전갈자리들은 모두 경계 태세에 돌입한다. 엿듣기 좋아하는 사람들, 그중에서도 특히 전갈자리들은 밑에서 일하는 당신을 비롯한 불쌍한 무리들이 자신에 대해 하는 말 가운데 좋지 않은 말만을 듣는다. 그리고 출입구에 시계와 자물쇠가 달린 저금통, 작은 냉장고와 사무용품 선반이 설치된 것을 보고는 직원 중에 누군가가 자신을 넘어뜨릴 계획을 세우고 있다고 믿어버린다.

그는 그저 의심만 하고 있지는 않는다. 확실한 증거를 잡으려고 노력한다. 그들은 대규모의 예산을 지출하여 사무실과 실험실 등에 폐쇄 회로 카메라를 설치한다. 반역 행위에 대한 움직일 수 없는 증거를 잡으려면 책상 밑이나 전화 수화기 속에 도청 장치도 해야 한다.

만일 그들이 외국의 첩보 기관이나 정치 정당의 수장이라면 이렇게 경계하는 이유를 이해할 수도 있다. 사실 그런 행위는 필요악이라고 볼 수 있기 때문이다.

그러나 전갈자리 사장은 사업이 갑작스레 침체되어 전자 감시 장치를 포함해 모든 물품에 대한 비용 절감 방안이 필요해질 정도이고, 휴게실에 비치된 펜과 종이, 꽃과 같은 물품들을 가장 먼저 삭감할지언정 그는 정보 수집에 필요한 촉각은 완벽하게 갖춘다.

전갈자리 사장들은 은밀하게 행동한다. 당신이 사적인 전화를 하려고 단축 다이얼에 손가락을 대는 순간 그 위로 어두운 그림자가 드리운다. 보고서를 작성해야 할 시간에 난잡하고 쓸데없는 잡지를 읽으려는 순간 목 뒤로 냉기가 느껴진다. 그리고 오늘은 좀 일찍 퇴근할까 하고 생각하는 순간 어둡고 습한 늪에나 있을 법한 생물체가 뒤에서 나타난다.

못 말리는 전갈자리 사장 밑에서 일하는 직원들은 대부분 항상 등 뒤를 조심하며 벽에 부딪치거나 엘리베이터 통로로 떨어지지는 않을까 걱정하면서 지낸다 해도 과언이 아니다. 어쩌다 뒤를 돌아다보면 아주 섬뜩한 물체와 맞닥뜨린다.

검은 망토나 큰 낫, 해골 마스크 뒤에서 타오르는 무서운 눈동자는 오히려 무섭지 않다. 직원들을 가장 공포에 떨게 하는 물체는 양복 차림에 줄기차게 신고 다니는 사장의 흰색 운동화다. 총명한 직원들에게는 그 운동화가 비명이 나올 만큼 무서운 존재다. 그리고 그 비명 소리는 어렵지 않게 들을 수 있다. 사장의 사무실을 둘러싼 오싹함과 숨 막히는 침묵은 기묘한 사장의 패션 감각을 비웃으려던 불행한 직원들이 지르는 커다란 비명 소리로만 깰 수 있다.

부하들의 반란!

음흉하고 소름 끼치는 전갈자리 사장들은 직원들의 실수를 적발했다고 느낄 때 음흉한 미소를 짓는다. 그들은 무슨 일을 하든지 정확히 말해 주는 법이 없다. 또한 잡담을 좋아하지 않아 당신이 구구절절 말을 늘어놓으며 결백함을 주장해도 그들은 어떤 처벌이 적당할지를 고민하며 깊은 생각에 잠길 뿐이다.

전갈자리의 어두운 세계에서 모든 직원들은 무죄가 증명될 때까지 유죄다.

사실 전갈자리 사장 앞에서 심문을 받는 일은 차 등록이 완벽히 되어 있고 과속이나 신호 위반을 하지 않으며 마지막으로 술을 마신 날이 3년 전인 상황에서 경찰 앞에 선 것과 같다. 그런데도 여전히 당신은 뭔지 모를 불안에 떤다.

사장의 그 꿰뚫을 듯한 눈초리를 한 번 받고 나면 당신은 모든 범죄를 자백하게 된다. 이제 끔찍한 보복으로부터 도망갈 생각은 하지 말라. 사장의 동정심에 호소하는 일 따위는 먹혀들지 않을 것이다. 전갈자리 사장이 있는 근무 환경에서 과도한 감정 표현은 용납되지 않는다. 특히 통곡이나 한탄, 푸념 등은 엄격히 금지된다. 동정심을 이용할 셈이냐는 가차없는 말로 순간적으로 눈물을 그치게 만들기 때문이다.

사장의 비위를 맞추는 일도 불가능하다. 사장은 당신에게 '당신은 왜 그렇게 친절한가?' 혹은 '당신의 숨은 의도는 무엇인가?' 등 이런 질문을 해올 것이다. 당신은 어떤 질문에도 진실한 대답을 할 수 없다. 안타깝게도 순식간에 전갈자리 사장을 죽일 수 있는 10센티미터짜리 날이 달린 봉투 자르는 칼은 너무 멀리 있다.

사장이 정말로 의심 많고 편집 증세가 심한 정신 이상자라면 어떨까? 그런 사람이 당신을 죽이기란 어렵지 않을까?

아니다, 방법은 여러 가지가 있다.

당신이 전갈자리 사장 밑에서 일하는 동안 아무리 살 가치가 없다고 절실하게 느꼈다 해도 사직서를 제출할 때만큼은 아닐 것이다. 당신이 회사를 떠나는 순간부터 사장은 당신을 정말로 살고 싶지 않게 만든다.

전갈자리들은 지중해 인근의 마피아들이 보이는 끝없는 충성심을 직원들에게도 요구한다. 퇴직 선물로 금시계 대신에 겨우 신발 한 켤레를 받은 직원들도 많다. 정년이 되기 전에 미리 그만둔 직원들은 바이올린 케이스에 기관총을 숨긴 채 새 직장까지 미행해 온 사람들의 존재를 느끼고 두려움에 떨어야 한다. 따라서 직원들은 보복과 살해 협박에 시달리느니 못 말리는 전갈자리 사장이 지배하는 암울한 세상에 조용히 복종하며 지내기로 생각을 바꾸며 매우 높은 작업 능률을 보인다.

접수계원들이 사적인 전화를 하느라 고객을 기다리게 하는 일은 상상할 수도 없다. 경리 사무원은 결코 장부를 조작하지 않으며 감시 활동에 필요한 지출 예산도 삭감하지 않는다. 꽃 배달원이 꽃값을 속이는 일도 절대로 없다. 근무 시간에 『내셔널 인콰이어러(The National Enquirer)』54)를 읽는 일도 결코 없다. 있을

---

54) 가벼운 연예 기사 등을 싣는 타블로이드판 신문

부하들의 반란!

수 없는 일이다. 전갈자리 사장에게 응분의 대가를 치르게 할 계획을 짜느라 너무 바쁘기 때문이다.

월급을 올리는 방법

돌에서 피를, 흰 셔츠에서 복사기 토너를, 과자상자에서 황소자리 사람들의 머리를 빼내는 일처럼 어렵다. 비록 못 말리는 전갈자리 사장에게서 더 많은 월급을 짜내는 데 성공했다 하더라도 (중세시대의 고문 기구를 사용해야만 비로소 달성할 수 있는 위업) 은퇴할 때까지 남은 날 동안 그 값을 호되게 치러야 한다.

당신의 임금 인상을 위해선 속기용 구술 녹음기를 직접 사거나 사장이 회의와 면담 시간에 직원들의 말을 녹음하는 데 쓰는 녹음기를 훔친다. 그런 후 섬뜩하게 낮고 비장한 목소리의 동료를 찾는다. 그 목소리는 엄지손가락을 죄는 틀과 사지를 늘이는 기구로 고문당할 때의 그것과 같아야 한다. 그리고 '나는 이 일을 결코 잊을 수도, 용서할 수도 없다'와 같은 대사를 읊게 해서 녹음한다. 하루 종일 일정한 간격으로 이 테이프를 튼다. 그런데 5퍼센트의 임금 인상을 위해 이런 귀찮은 일을 할 가치가 있을까?

승진하는 방법

전갈자리 사장이 운영하는 회사에서는 변함없는 충성에 대한 보상이 있다. 다만 안타깝게도 종이 클립 하나도 훔치지 않고 죽을 때까지 회사를 위해 일해야만 변함없는 충성심을 보였다고 인정된다. 그때서야 비로소 당신은 승진할 자격이 생긴다. 만일 시간이 당신 편이 아니고 정직함이 당신의 강점이 아니라면 승진의 사다리를 타기 위해 한층 과감한 수단을 써야 할 것이다.

봉투 자르는 칼을 준비하고 직원 화장실에서 어슬렁거려 보자. 마침내 사장이 변기 위에 달린 감시 카메라의 배터리를 교체하기 위해 나타나면 뒤에 숨어 있다가 차가운 칼날을 들이댄다. 그리고 24시간 안에 승진시켜 주지 않으면 사장의 흰 운동화를 가져가겠다고 협박한다.

못 말리는 사장을 몰아내는 방법

못 말리는 전갈자리 사장의 발자취를 따르려는 시도는 절대로 하지 말라. 그렇지 않으면 당신은 끊임없는 살해 위협과 폭탄 협박, 암살 기도에 고통을 받게 될 것이다. 사장은 회사를 이미 떠난 직원들도 절대 포기하지 않는다.

부하들의 반란!

못 말리는 물고기자리 사장

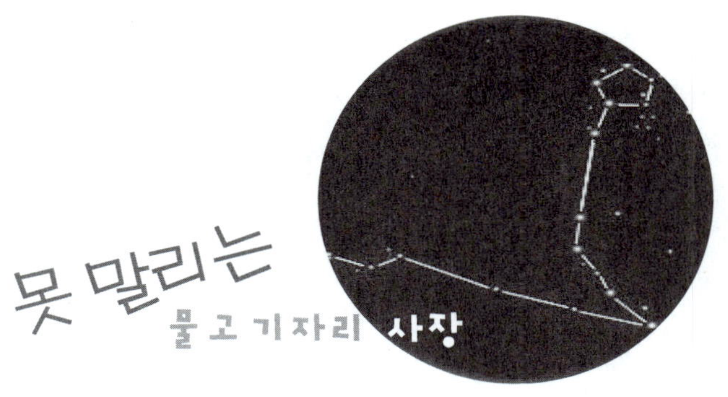

주차장에서 쇼핑 수레를 모으거나 쓰레기장을 뒤져 찾아낸 물건을 시장에 내다 팔고 바람이 세찬 가을날에 아파트의 진입로에서 긴 집게로 나뭇잎을 모으는 물고기자리들은 아주 많지만, 빠르고 효과적으로 계약을 따내는 물고기자리들은 거의 없다.[55]

못 말리는 물고기자리 사장은 존재하지 않는다. 물고기자리 훈련생과 견습생, 실습생, 연소자, 병 씻는 사람들은 있을 수 있지만 물고기자리에서 사장과 지도자, 주지사, 감독, 대통령이 나올 수는 없다.

다른 점성가들은 이 말에 동의하지 않을 것이다. 그 불쌍한 물

---

55) 예, 예, 처녀자리 여러분. 물고기는 무엇을 따낼 수가 없죠. 우리도 압니다. 이것은 은유라고 하죠. 그러니 이제 입을 다무시고…

고기자리들에게 미안하기 때문이다. 그러나 냉엄한 과학적, 의학적, 역사적 사실이 이를 증명해 준다.

· 고양이 열 마리 중에 아홉 마리는 살아 있는 물고기를 좋아한다. 물고기자리 사장을 위해 일한 직원들 열에 아홉은 살아 있는 물고기라면 치를 떤다.
· 산파들 가운데 80퍼센트는 주로 2월 20일에서 3월 20일 사이에 태어난 아기들이 척추와 뇌 세포가 없어 중요한 책임을 맡을 수 없다고 증언한다.
· 자신에게 지도력이 있다고 잘못 생각한 물고기자리들이 결국 하위 관리직에서도 무자비하게 쫓겨났었다는 사실에 역사가들은 만장일치로 동의한다.

물고기자리의 특징을 드러내는 이러한 사실들 때문에 우리는 독자들에게 직무 태만이라는 욕을 먹더라도 이 장을 완전히 빼버리려고 했다. 그러나 원고 중간에서 결코 적지 않은 분량인 다섯 장 정도의 백지를 발견하고 출판사 사장이 울화통을 터뜨렸다(그는 화상궁 사자자리이다). 그는 물고기자리들에게 개인적인 감정이 있는 것도 아니고 그저 웃자고 쓴 글인데 무엇이 문제냐고 우리를 다그쳤고, 정말로 일에 대한 신념이 있다면 이 내용을 빼서는 안 된다고 핏대를 올렸다. 그래서 우리는 사태를 진정시키기 위해 물고기자리 사장이 있다고 치고 이야기를 풀어 나가기로 했다.

부하들의 반란!

그럼 이 문제는 이렇게 양해가 이루어진 것으로 생각하고 계속해서 가상의 물고기자리 사장에 대해 이야기해 보자.

당신은 사장이 오전 11시에 있는 회의에 나타나기를 계속해서 기다리다가 오후 2시 10분, 물고기자리들이 광고나 그 비슷한 업종에 종사하지 않는 이유에 대한 목록을 작성해 본다.

　1. 무책임하다

마침내 오후 5시에 사장이 나타나서 자명종이나 배우자, 술, 혹은 공산주의자들 때문에 늦었노라고 변명하면 2번에 이렇게 쓴다.

　1. 무책임하다
　2. 무책임하다

회의가 진행되는 동안 사장이 시간제 임금을 지불하는 숙달된 출장 요리사가 있음에도 고객들에게 스낵과 음료만 대접하는 이유를 3번에 이렇게 쓴다.

　1. 무책임하다
　2. 무책임하다
　3. 매우 옹졸하다

의심이 많고 소심한 수상궁!

마침내 회의가 끝나자 사장이 나와서 회의실 탁자를 닦고 식기 세척기를 대충 돌린다. 물론 더 중요하고 긴급한 일이 산처럼 쌓였다는 사실을 잘 알고 있다. 이럴 때 당신은 또 한 가지 목록을 추가한다.

1. 무책임하다
2. 무책임하다
3. 매우 옹졸하다
4. 무책임하다

이제 당신은 물고기자리들이 권력을 쥐고 있는 자리에 앉으면 얼마나 위험한지 알게 되었다. 대체로 그들이 무책임하고 매우 옹졸하기 때문이다. 그리 새로운 결론도 아니다.

못 말리는 물고기자리 사장들은 자신의 권력을 어떻게 써야 할지 모른다. 물론 그들에게 권력을 줄 만큼 어리석은 사람이 있다면 말이다.

사실 그들이 최고의 자리에 오른 이유는 그들과 당신의 이해 범위를 벗어난다. 이런 각본이 가능하다. 그룹 총수에게는 물고기자리를 그 회사의 사장으로 앉힐 수밖에 다른 선택의 여지가 없었다. 훨씬 적합한 550명의 후보가 있었지만 모두 불행한 재난으로 사망했기 때문이다.

백 번 양보해서 물고기자리가 사장이 될 수 있다 해도 그들의 행동은 다른 직원들과 똑같다. 그들은 일을 게을리할 뿐만 아니

부하들의 반란!

라 문구류를 훔치고 크리스마스 파티에서 만난 새 여자에게 수작을 걸며, 매일 직원 식당에서 당신의 옆자리에 앉아 맛없는 샌드위치를 좀 가져가 달라고 보챈다. 그러면 더 순진한 직원(바로 당신이다)은 호밀 빵 위에 얹은 훈제연어와 땅콩버터, 젤리를 기꺼이 그 샌드위치 대신 준다. 물론 물고기자리 사장의 진정한 의도는 무슨 일이든 간에 혼자 책임지지 않으려고 직원들 사이에 섞이려는 것이다.

거칠고 냉정한 사업 세계에서 최종적인 책임은 사장이 진다. 그러나 물고기자리에게는 통하지 않는다. 책임은 마치 전염성 세균처럼 재빨리, 그리고 능숙하게 다른 사람의 어깨르 전이된다. 물고기자리 사장은 이것을 위임이라고 한다. 당신은 책임 전가라고 하겠지만. 젠장! 사장이 할 줄 아는 게 뭐야? 정규 교육을 받고 대학을 수석으로 졸업한 당신은 그에게 사무실의 가장 구석자리도 아까운 소심한 멍청이라고 말할 자격이 있다.

신경이 아주 예민해서 누가 자신에게 소리를 지르지나 않을까 벌벌 떠는 물고기자리 사장들은 항상 도망갈 수 있는 두 가지 계획을 세워놓는다. 하나는 다른 사람에게 책임을 돌리는 방법이다. 정말 그럴듯하게 손까지 떨며 어쩔 줄 몰라 하는 애처로운 표정을 짓기 때문에 당신은 우편물 관리실의 줄리가 회사의 급격한 몰락에 직접적인 책임이 있다고 믿기 쉽다. 만일 이 계획이 먹힐 것 같지 않으면 두 번째를 선택한다. 이 계획은 12층 사무실의 창틀에 서서 전기 감전으로 죽어버린다거나 타자수들의 책상 한가운데에 앉아서 스테이플러를 찍어 자살하겠다고 협박하

의심이 많고 소심한 수상궁!

는 일이다.

콸콸 솟아나던 동정심은 그러나 책임 전가의 대상이 당신일 때면 씻은 듯이 사라진다. 회사가 위기에 처하자 구조 조정 임무를 띠고 나타난 그룹의 총수가 직원 식당으로 들어와 '이 모든 혼란의 책임자가 대체 누구야?' 라고 소리친다. 그러면 당신의 못 말리는 물고기자리 사장은 '전 아닙니다!' 하고 냉큼 말하고는 가장 가까이에 있던 당신을 지목한다. 입이 떡 벌어진 당신은 어쩔 수 없이 속죄양이 되어 사장보다 높은 그분의 뒤를 졸졸 따라가야 한다.

좀 더 부드럽고 덜 악질적인 점성학적 견지에서 보면 물고기자리들은 특정 분야에서는 선구자적인 인물들이다. 미켈란젤로를 보라, 수많은 초보 미술가들의 상상력을 사로잡은 대가인 그는 바로 물고기자리이다.

그렇다. 우리는 그가 시스틴 성당의 천장 밑에서 목을 뒤로 젖히고 눈에 떨어지는 물감 방울을 맞고 있는 모습을 상상할 수 있다. 사람들은 존경의 박수를 보내며 말한다.

"정말 훌륭합니다, 미켈란젤로 씨. 하지만 다음에는 벽에 그림을 그리면 어떨까요? 그러면 눈과 목이 그렇게 아프지는 않을 텐데요."

별을 관찰하는 주술사들은 물고기자리들이 천재라고까지 말한다. 그들은 알베르트 아인슈타인을 증거로 내세운다. 이 물리

부하들의 반란!

학자의 놀라운 지적 능력에는 의심의 여지가 없지만 우리는 아무래도 그가 앞이나 뒤의 별자리와 경계가 되는 시점에 태어났을 것이라는 생각을 떨칠 수가 없다.

돈독이 오른 변호사들은 직원을 위해 자기 목숨을 내놓지 않는 겁 많고 이기적인 물고기자리 사장들을 열심히 변호할 것이다. 물고기자리 사장들은 수영에 자신이 있으면서도 물에 빠진 직원을 구하지 못한다. 여기서 할 말은 이것뿐이다.

"테드 케네디[56]는 물고기자리였다."

물고기자리 사장이 만에 하나 존재한다면 분명 아무 쓸모가 없을 것이다. 그러나 아직 채워야 할 페이지가 남았으므로 아무것도 모르는 열대 우림 지역의 나무들에게 미안한 일이지만 물고기자리 사장들이 당신의 감독이 없어도 할 수 있는 일들을 나열해 보도록 하자.

·이사회 회의 시간에 창밖 쳐다보기.　·누가 무슨 말을 해도 동의하기.　·커피 타기(물을 끓여서 거름종이에 거르고 잔에 따라야 하는 원두커피가 아닌 인스턴트 커피믹스일 때만).　·화려한 자살 계획을 빨리

56) 1980년 미국에서 TV 뉴스 방송 시간에 한 앵커가 테드 케네디 민주당 상원의원에게 '왜 당신은 대통령이 되고자 하십니까?'라는 질문을 했다. 케네디 상원의원은 질문에 당황하여 횡설수설했고 결국은 대통령이 되겠다는 꿈을 접은 일이 있다

의심이 많고 소심한 수상궁!

수행하기 위해 수면제 모으기.   · 관심과 동정을 받고 책임을 면하기
위해 화려한 자살 기도 연출하기.   · 긴 집게로 현관에 떨어진 나뭇
잎 줍기.

월급을 올리는 방법

모든 물고기자리 사장들은 하룻밤에 임금을 세 배 인상해 달
라는 말도 안 되는 당신의 요구에 당장 동의한다. 그 이유는 그날
이 금요일이었고 당신은 사장이 금요일 저녁 회식 시간에는 직원
들의 불평을 듣기 싫어한다는 사실을 알고 있기 때문이다.

그러나 월요일이 되면 경리 부서에 있는 인색한 누군가가 사
장에게 그 결정은 번복해도 된다고 귀띔한다. 결정적인 책임은
사장에게 있지만 사실 사장의 잘못만은 아니라고 덧붙이면서 말
이다.

승진하는 방법

쉽다. 못 말리는 물고기자리 사장이 회사 전체의 혼란을 조장
한 책임을 알게 되는 즉시 당신은 3백 명의 직원과 전국에 있는
사무실 다섯 곳, 공장 열두 채, 그리고 해외 지사 한곳의 책임을
맡게 될 것이다. 당신이 일개 청소부였다 해도 이런 승진은 가능

부하들의 반란!

하다.

못 말리는 사장을 몰아내는 방법

　물고기자리 사장보다 사장 자리에 앉을 가능성이 더 많다고 말하던 당신은 못 말리는 사자자리 부장이 뒤에 서서 더 이상 말하면 사무 용지 예산이 날아갈 것이라고 마구 신호를 보내고 있기 때문에 더 이상 말을 이을 수 없었다.

5장 못 말리는 사장을

0 기는 방법!

못 말리는 사장들

월급 봉투의 노예가 되어 긴 노동 시간과 낮은 임금, 맛없는 인스턴트 커피를 감수하는 우리들 위에는 폭력적이고 완고하며, 게으르고 변덕스럽고 자만심 강하고 까다롭고 우유부단하고 인색하고 귀찮고 속물적이고 겉과 속이 다르고 무능력한, 열두 별자리의 사장들이 있다. 무엇보다 슬픈 일은 그들이 우리와 아주 가까이 있다는 사실이다.

그러나 그들의 문제가 무엇이든 간에 그들 모두 인간이라는 사실을 기억해야 한다. 음, 적어도 인간에 가까운… 그것도 아깝다면 영장류라고 해두자. 안 된다고? 그러면 다세포 생물에는 동의하는가?

어쨌든 여기에 그들의 최대 약점이 있다. 자랑스러운 별자리를 운명으로 안고 태어난 충성스러운 직원인 당신은 개인적인 이익을 위해 무자비하게 그 약점을 이용한다. 그들의 잘못을 적발해 내기는 어렵지 않다. 털어서 먼지 안 나는 사람이 어디 있던가?

서로 배려하고 나누기는 것이 덕목이었던 지난날로부터 우리가 배울 점은 단 한 가지다. 만일 어떤 사람이 어려움에 처했다면 가능한 한 빨리 달려가서 최선을 다해 그 난관을 극복하도록 도와주는 것이 당신의 의무라는 사실이다. 그 사람이 못 말리는 사장이라면 더욱 좋다. 도와준 일이 잘못되어도 죄책감을 느낄 필요가 없기 때문이다.

이 세상은 평등하지 않다. 못 말리는 사장들은 항상 당신보다 더 많은 월급과 막강한 권력, 커다란 집, 빠른 차, 좋은 옷, 탄탄한 아랫배를 자랑한다. 그들은 모든 면에서 당신보다 많이 가졌고 그만큼 잃을 것도 많다. 이 부분을 표적으로 삼아야 한다.

당신은 기회만 생기면 기필코 사장의 자리를 빼앗아 동료들 중 한 명에게 넘기기로 이미 맹세했다. 그러니 이제 더오를 정비하고 임금 인상과 근로 조건 개선을 위해 싸우자! 파업이다! 피켓을 들어라! 정의를 요구하라!

뭐라고요? 예, 예, 사장님. 죄송합니다. 그만 입 다물고 명령하신 대로 사장님의 재규어를 반들반들 닦아놓겠습니다~

못 말리는 사장을
이기는 방법!

소심하던 전 직장 동료는 당신에게 면접 볼 때 성질을 좀 죽이라고 당부했지만 우려와는 달리 당신은 열두 별자리 이사들 앞에서 매우 침착하게 행동했다. 직선적이고 말투가 거친 양자리인 당신은 자신의 모습에 당당하며 자신이 무엇을 원하는지 면접 시험이 있던 첫날부터 확실히 알고 있었기 때문이다. 면접이 있던 날의 상황은 이랬다.

못 말리는 양자리 이사 : 수단이 좋은 편입니까?

당신 : 아닙니다.

못 말리는 양자리 이사 : 그러면 당신의 단점을 열거해 보세요.

당신 : 없습니다.

못 말리는 양자리 이사(소리 지르며) : 당신의 단점을 말해 보세요!

당신(자신이 직장을 구하러 왔다는 사실을 갑자기 깨닫고) : 별로 없습니다만… 정 듣기를 원하시면 몇 가지 만들어보겠습니다.

못 말리는 양자리 이사 : 시간이 없는데… 그러면 5년 후에 당신은 무엇을 하고 있을 것 같습니까?

당신(씩~ 웃으며) : 양로원에 있는 당신을 방문하고 있을 것입니다.

못 말리는 염소자리 이사 : 연금 말인데요, 현재 얼마나 받고 있습니까?

당신 : 지금 입고 계신 양복을 보니 아마 제가 훨씬 많이 받는 것 같습니다.

못 말리는 염소자리 이사(계산기를 홱 끌어당기며) : 그러면 당신 재산이 얼마나 된다는 말입니까?

당신(질문의 핵심을 파악하지 못하고) : 저는 머리가 좋고 성실하며 용모단정하고 타고난 영업 사원이며 지도력도 있고…….

못 말리는 황소자리 이사(난데없이) : 따지기 좋아합니까?

당신(너무 빨리) : 아닙니다.

못 말리는 황소자리 이사 : 그런 것 같은데요.

당신 : 아닙니다!

못 말리는 황소자리 이사 : 맞습니다!

부하들의 반란!

당신 : 아닙니다!

못 말리는 물고기자리 이사(애처롭게) : 제발 싸우지 맙시다.

당신(호전적으로) : 왜 안 됩니까?

못 말리는 물고기자리 이사 : 당신이 예민한 내 신경을 건드리기 때문입니다.

당신 : 하하하. 히히히. 허허허. 헤헤헤.

못 말리는 쌍둥이자리 이사(면접에 집중하지 않았기에 당신을 얕잡아 보고) : 일을 할 때 탄력적인 편입니까?

당신 : 그 말씀은 허리를 뒤로 젖혀보라는 뜻입니까?

못 말리는 쌍둥이자리 이사 : 내 말은 필요하다면 수시로 초과 근무를 할 수 있느냐는 말입니다.

당신 : 그럼 이사님의 일까지 모두 할 수 있느냐는 뜻입니까?

못 말리는 쌍둥이자리 이사 : 그래요.

모든 사람이 민망한 듯 침묵을 지킨다.

못 말리는 물병자리 이사(난데없이) : 열대 우림의 방만한 파괴에 대해 어떻게 생각합니까?

당신(어리둥절해서) : 예?

못 말리는 물병자리 이사 : 전 세계인의 고귀한 유산인 자연 자원이 지독하게 착취당하는 현실을 어떻게 생각하는지 묻는 것입니다.

당신 : 저, 생각해 본 적은 없습니다만 한번 생각해 보겠습니다.
잠시 불편한 정적이 흐른다.

못 말리는 전갈자리 이사(의심스러운 눈초리로) : 지난번 직장을
그만둔 이유는 무엇입니까?
당신 : 전갈자리 상사에게 성희롱을 당했기 때문입니다.
못 말리는 전갈자리 이사 : 당신이 먼저 빌미를 제공하지 않았
다고 어떻게 확신하지요?
당신 : 저처럼 육감적인 스무 살짜리 금발 미녀가 뚱뚱하고 늙
은 데다 이도 좋지 않은 사람과 무슨 할 일이 있겠습니까? 질문
의 핵심이 그것이라면 말입니다.

못 말리는 천칭자리 이사(민망한 상황이 연출되지 않도록 급하게 끼
어들며) : 어, 저기, 의사 결정을 잘하는 편입니까?
당신(화가 치미는 듯) : 아주 모욕적이고 품격이 떨어지는 질문
인 것 같네요.
못 말리는 천칭자리 이사 : 보세요, 화내지 마시고… 저, 사자
자리 이사는 어떻게 생각합니까?

못 말리는 사자자리 이사 : 내 헤어 스타일이 마음에 듭니까?
당신(마지못해서) : 괜찮은 것 같습니다…….
못 말리는 사자자리 이사 : 그래요? 면접관 앞이라서 그렇게
말하는 것은 아니겠지요?

부하들의 반란!

당신 : 예.

못 말리는 사자자리 이사(당신의 말이 분명 농담이라고 생각하며 기분이 나빠져서) : 아주 재미있군요. 그래서 이 회사에 들어오고 싶은 이유가 무엇입니까?

당신 : 이사님의 생각을 가로채 불안하게 만든 다른 회사를 떠나게 해서 모든 사람이 행복해지도록 돕기 위해서입니다.

못 말리는 게자리 이사(얼어붙은 상황을 무마시키려 애쓰며) : 당신은 사람들의 감정에 매우 민감한 것 같군요.

당신 : 물론입니다, 얼간이 이사님.

못 말리는 게자리 이사 : 그렇게 예민하게 반응할 필요는 없지 않나요?

당신(어리둥절해서) : 전 아직 시작도 안 했는데요.

못 말리는 처녀자리 이사(질문할 기회를 엿보다가 결심한 듯) : 이 회사를 위해 자신이 무엇을 할 수 있다고 생각하지요?

당신 : 이사님이 하신 일보다는 훨씬 많은 일을 할 수 있습니다. (곧 자신의 실수를 깨닫고) 물론 이사님의 방식을 존중하면서 하겠다는 뜻이었습니다.

못 말리는 처녀자리 이사(『성공적인 면접 기술』이라고 쓰인 지침서를 보느라 바빠서 모욕당했다는 사실도 눈치 채지 못하고) : 당신이 존경하는 사람은 누굽니까?

당신(『면접에 성공하는 방법』에서 배운 대로 가식적인 미소를 지으며)

: 물고기자리 이사님입니다.

　모두 낄낄거린다.

　못 말리는 사수자리 이사(처녀자리 이사에게 지침서를 빌려와서) :
사람들과 협동을 잘하는 편입니까?

　당신 : 제가 책임자라면 그렇습니다.

　못 말리는 사수자리 이사 : 도전을 좋아합니까?

　당신 : 이사님과 함께 일한다는 뜻이라면 대답은 '아니오' 입니
다.

　이렇게 면접은 끝이 났고 결과를 의논하기 위해 못 말리는 열
두 명의 이사들은 옆방으로 들어갔다. 그동안 당신은 회의실의
맨 윗자리에 편안히 앉아 있다.

　양자리, 황소자리, 사수자리 이사는 당신의 능력이 직책에 비
해 뛰어나다고 평가하며, 천칭자리와 쌍둥이자리는 당신이 너무
게으르다고, 게자리 이사는 당신이 자신만큼이나 재미있는 사람
이라고 생각한다. 물병자리와 처녀자리는 당신을 전혀 이해하지
못하며, 사자자리는 당신에게 위협을 느낀다고 말한다. 그리고
물고기자리는 당신이 심술궂다고 생각한다.

　그러나 이사회의 대표인 전갈자리는 당신의 다리가 멋지고 엉
덩이도 정말 예쁘다고 생각한다. 그래서 당신은 합격했다.

부하들의 반란!

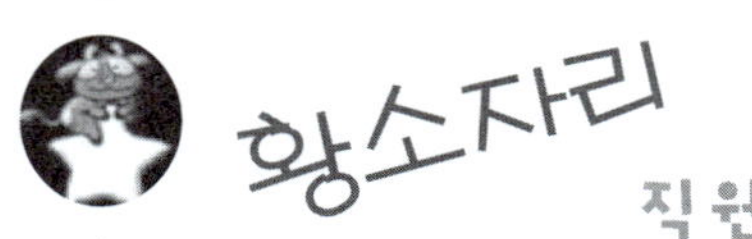

자신의 능력과 경험을 얇은 종이 위에 적어야 하는 일은 당신에게 상당히 어려운 일이다. 그러나 걱정하지 말라. 당신은 황소자리이고 직장을 원한다. 이 사실만이 중요하다.

못 말리는 처녀자리 이사(편집자로서 사업, 주식, 마케팅 담당)가 묻는다.

"자, 어떻게 우리 신문의 뉴욕 통신원이 되어야겠다고 생각했습니까?"

당신은 어떻게 대답해야 할지 고민한다. 어려운 질문이다. 아니, 그렇지 않을 수도 있다. 당신은 이렇게 대답한다.

"그런 생각은 전두엽의 생화학적 활동의 결과입니다."

못 말리는 사수자리 이사(여행, 스포츠 담당)가 말한다.

'뉴욕에는 여행 경험 풍부한 사람이 필요합니다. 지난 휴가 때 어디로 갔었습니까?'

당신이 예상한 질문이다.

"저는 일과 놀이는 함께할 수 없다고 생각합니다. 그래서 집에 있었습니다."

못 말리는 염소자리 이사(사회면, 부고란, 날씨 담당)가 묻는다.

"뉴욕에 연락처가 있습니까?"

"연락처라니요?"

"뉴욕에 아는 사람이 있느냐는 말입니다."

"글쎄요… 천칠백만 명의 뉴욕 시민 중에서 말이지요. 아, 그래요, 아는 사람이 꽤 많겠군요. 로버트 드 니로를 비롯해서 말입니다."

못 말리는 사자자리 이사(연예, 사설, 일요일 판에 나오는 수필 담당)가 깜짝 놀란다.

"로버트 드 니로를 압니까?"

"아니오, 하지만 얼굴은 압니다. 가끔 TV에도 나오지 않습니까?"

부하들의 반란!

못 말리는 게자리 이사(여성, 시 담당)가 중얼거린다.

"나도 TV에 나온 적이 있어요."

여기서 점수를 따야겠다고 생각한 당신은 미소를 지으며 말한다.

"저도 봤습니다. 무슨 프로였지요? 아, 말하지 마세요. 그래요, 『현상 수배 아메리카』였지요."

그러자 게자리 이사가 재킷을 머리 위로 뒤집어쓰더니 불안한 듯 이리저리 눈을 굴린다. 별로 좋지 않은 징조라고 당신은 생각한다.

못 말리는 전갈자리 이사(정치, 경찰, 조직 범죄 담당)가 나직한 목소리로 묻는다.

"이 자리를 얻으려면 사장님께 면접 심사를 또 받아야 합니다. 어떻게 할 생각입니까?

당신은 확신이 생겼다. 이미 조사해 둔 대목이다.

"두 가지 단계로 접근할 생각입니다. 먼저 사장님께 질문을 하겠습니다. 두 번째로 그의 대답을 받아 적겠습니다."

못 말리는 쌍둥이자리 이사(아무도 담당하기 싫어하는 일 모두 담당)가 머리를 끄덕인다.

"두 번째 부분, 즉 대답을 받아 적겠다는 것은 괜찮은 생각인 것 같습니다만 통하지 않을 수도 있습니다. UN에 찾아가서 외국의 주요 대사들을 만나면 도움이 될 것입니다. 그나저나 자신이

이 일에 충분한 자격을 갖췄다고 생각합니까?"

여기서는 아주 조심해야 한다. 최선을 다해 준비했지만 지침서의 차례 중에 UN이 나오는 바로 앞 부분에서 깜박 잠이 들었기 때문이다. 그 앞까지는 자신있지만 뒤는 알 수 없다. 당신은 이렇게 묻는다.

"정확히 어떤 부분에 대해 준비해야 합니까?"

갑자기 쌍둥이자리 이사가 당황한다. 좀 잘난 체를 하려고 UN을 들먹였던 것인데 눈치없는 황소자리 면접 응시자가 그 부분을 물고 늘어졌기 때문이다. 그는 눈을 심하게 깜박거리면서 주위를 둘러보며 도움을 청해본다. 그리고 말을 더듬으며 묻는다.

"저, 정확히 어떤 부분이냐고요?"

못 말리는 천칭자리 이사(패션, 홈웨어, 섬유업계 뉴스, 유명 모델 소개 담당)가 이해력이 떨어지는 아이를 앞에 둔 듯 한숨을 쉬며 끼어든다.

"그 말은 양복을 한 벌쯤은 가지고 있느냐는 뜻입니다."

이제야 이해한 당신이 대답한다.

"아, 그럼요, 두 벌 있습니다. 모두 아르마니 제품이죠."

브랜드 제품을 선호하는 천칭자리 이사를 대비해 준비한 대답이다.

못 말리는 양자리 이사(해외 뉴스, 산업 뉴스, 탈을 쓰고 칼을 든 중남미 원주민의 사진 담당)가 땍땍거리며 말한다.

부하들의 반란!

"뉴욕 포스트 일은 어렵습니다. 분량도 많고요. 그리고 시차도 있습니다. 이곳이 한낮일 때 뉴욕은 한밤중이죠. 그 일을 나보다 잘할 수 있습니까?"

이런 질문에 대해 읽은 적이 있다. 그것을 '아첨'이라고 했다. 당신은 그 내용을 기억해 내며 미소를 짓는다.

"절대로 더 잘할 수는 없을 것입니다. 하지만 밤낮으로 일할 준비는 되어 있습니다."

반대 편에서 믿지 못하겠다고 중얼거리는 소리가 들려온다. 그는 못 말리는 황소자리 이사(도서, 십자말 풀이, 길고 장황한 문체의 사설 담당)이다.

"편집자들에게 아첨하는 습관이 있습니까?"

당신이 대답한다.

"잘 모르겠습니다. 하지만 그 아첨이 효과가 있는지 기다려 봐야겠지요."

못 말리는 물고기자리 이사(운세, 어린이, 음모론 담당)가 묻는다.

"그러면 저번 신문사에서는 무슨 일을 했습니까?"

저번 신문을 가지고 무슨 일을 했냐는 뜻으로 잘못 알아들은 당신은 이렇게 대답한다.

"피크닉 갔을 때 깔개로 썼습니다."

그러다가 질문의 참뜻을 깨닫고 다시 대답한다.

"아, 아닙니다. 이 신문사에서 할 일과 똑같은 일을 했습니다."

물고기자리 편집인은 혼자 발장난을 하다 쓰레기통에 들어가 끼어버린 발을 빼려고 애쓰며 이렇게 묻는다.

"그 일이 뭐였지요?"

이번 질문이 함정일 수 있다고 생각한 당신은 이렇게 대답한다.

"아, 여러 가지입니다. 푸른색 유니폼을 입고 현관에서 방문객에게 출입증을 발급하고 배달되는 소포를 받는 일을 했습니다. 필요한 일이면 뭐든지 했습니다."

못 말리는 물병자리 이사(생활 문화, 사회 정의, 새끼 물개 사진 담당)가 말한다.

"정확히 해봅시다. 그러니까 당신은 전문 훈련을 받고 해외 부서에서 5년 동안 일한 베테랑 기자가 아니라 1층 로비에서 내게 자전거를 사무실로 들고 갈 수 없다고 말하던 그 경비원들 중의 한 사람이라는 말입니까?"

당신의 생각이 맞았다. 그 질문은 함정이었다.

"어, 저기, 회사에는 규칙이 있지 않습니까?"

물병자리 이사가 말을 잇는다.

"좋아요. 그건 그렇다 치고 당신이 뉴욕 통신원이 될 수 있다고 생각한 이유는 대체 뭡니까?"

"네, 저는 여러분 중 네 분이 근무 시간에 술을 마시고 여섯 분은 화장실에서 담배를 피우며 두 분이 사장님의 비서에게 치근대는 모습이 찍힌 비디오를 가지고 있기 때문입니다."

그러자 잠깐 동안 침묵이 흐른다. 그리고 천칭자리 이사가 말한다.

"좋아요, 고맙습니다. 금요일에 뉴욕으로 갈 수 있겠습니까?"

못 말리는 사장을 이기는 방법!

월요일 아침 9시, 기록적인 속도로 샤워를 하고 옷을 입고 면도까지 한 후에 현관문 앞에 선다. 그런데 갑자기 잊고 있던 일이 생각난다. 당신은 급하게 가야 할 직장이 없는 것이다. 어제 과자공장 컨베이어 부서에서 잘렸다. 생강과자의 모양을 본뜬 새로운 쿠키를 생산하려 했지만 버석거리면서 눅눅한 덩어리만 나왔기 때문이다.

그래서 다시 집 안으로 들어와 실직자의 삶을 시작한다. 먼저 담배를 한 대 피우고 복근단련 기구로 잠시 운동을 하다가 이내 싫증을 내고 친구와 전화로 수다를 떨고 또 컴퓨터 게임을 한 뒤 라면을 끓여 먹고 드라마 몇 편을 본다.

부하들의 반란!

이제 오전 9시 30분이다. 공식적으로 실업자가 된 지 30분이 지났다. 믿을 수 없이 지루하다. 기분 전환이 절실히 필요해진 당신은 신문을 펼쳐 들고 다른 일자리를 찾기 시작한다.

*못 말리는 양자리 사장*이 훈련을 잘 받은 성실한 완벽주의자를 원함. 명령에 복종하고 반격과 육탄전에 강해야 함. 주말 근무도 마다하지 않는 분. 복지 혜택 없음.

너무 심하다. 이 사람은 현실을 알 필요가 있다. 당신은 군복무 시절을 떠올린다. 물론 그 생활은 악몽과도 같았다. 특히 탱크를 뒤에서 민 일은 기억하기도 싫다.

*못 말리는 황소자리 사장*이 운영하는 전통있는 회사에서 집집마다 만병 통치약을 팔러 다닐 충성스럽고 믿음직한 사람을 원함. 말과 마차 소유주 환영.

이 일은 정말 재미있을 것 같다. 하지만 안타깝게도 기르고 있던 말을 이미 게임기와 바꿔 버렸다. 게임기가 유지비도 적게 들고 보수하기도 쉬우며 훨씬 재미있기 때문이다.

*여가 시간에 과외 소득을 올리고 싶습니까? 쌍둥이자리 사장*이 당신을 기다립니다.

못 말리는 사장을 이기는 방법!

전에도 이런 광고에 속은 적이 있다. 쌍둥이자리 상사는 근무 시간에 만나는 것만으로도 충분하다. 그리고 먹고 살기 어려워서 점심 시간에 플라스틱 도시락 통을 팔았다가 근무 태만으로 징계 당한 일을 생각하면!

*게자리 사장*이 ㅐㅐ야 ㅜㅎ 략 ㅁ ㅗㅁㄱㅇ재가 ㅑ ㅜㅎ ㅔ걜 ㄷㄴ냬ㅜ미 ㅁㄴ냔ㅅ못. ㅖ ㅣㄷㅁㄴㄷ 채 ㅜㅅㅁㅊㅅ ㅑㅡㅡ ㄷ얌ㅅ디ㅛ 새.

도대체 이게 무슨 말인가? 아무래도 다시 읽어야겠다. 아니, 그냥 포기하는 편이 좋을지도 모른다. 지난번에 못 말리는 게자리 상사의 말을 이해하려다가 너무 집중한 나머지 머리가 터지지 않았던가.

카리스마 넘치는 *사자자리 지도자*가 운영하는 준 종교 단체에서 함께 일할 성실한 직원을 급히 구합니다.

안 된다. 하루 24시간을 일주일 내내 사소한 일까지 지시받는 일은 당신에게 정말 맞지 않는다. 특히 무엇을 생각하고 있었는지조차 자꾸 잊어버리는 당신에게는 더 더욱 안 된다.

*처녀자리 사장*이 설문 조사 자료 검토와 투표 용지 계수, 사전 특별 교정, 전화번호부 교정, 그리고 이 모든 자료의 복사를 담당

부하들의 반란!

할 근면하고 성실한 사람을 구함. 쌍둥이자리는 받지 않음.

음… 하나는 제외다.

천칭자리 사장이 도탄에 빠진 200년 전통의 가족 경영 회사를 구조할 열정적인 사람을 찾음. 지원서는 사내 채무 관리부로 보내기 바람.

당신은 위기에 강하고 급한 불을 끄는 데 탁월한 재능이 있다. 지난번 천칭자리 사장이 아르마니 매장에 갚지 못한 외상값 때문에 본사에 불을 질러 보험금을 타려고 시도했다가 실패했을 때도 불을 끈 사람은 당신이었다.

전갈자리 사장이 젊고 늘씬한 파란 눈의 금발 아가씨를 구함. 사서함 666.

흠… 접수계원이다. 긍정적으로 보자면 새로운 사람을 많이 만날 수 있고 오랫동안 전화로 친구들과 수다도 떨 수 있다. 그러나 전에도 전갈자리 상사 밑에서 일한 적이 있다. 아직도 통장에서 빠져나가는 정신과 치료비가 그 사실을 증명한다.

사수자리 사장이 여행을 많이 하는 흥미진진한 일을 할 건강하고 날씬한 직원을 구합니다.

못 말리는 사장을 이기는 방법!

당신은 이 사람이 작년의 그 상사라는 의심을 떨치기 힘들다.
달랑 병따개만 하나 주고 당신과 동료 직원들을 부추겨 1천 킬로
미터의 사막을 횡단하라고 등을 떠민 그 사람 말이다.

*염소자리 사장*이 결혼에 뜻이 있는 집안 좋은 직원을 구함. 영
국 귀족 연감과 전미기업 순위(Fortune 500), 후즈후(Who's
who)[57]에 오른 사람이면 더욱 좋음. 직책은 추후 공고. 호주 이
름 기재 요망.

재고의 여지도 없다. 당신은 로열패밀리 밑에서 일을 하느니
차라리 가난뱅이가 낫다고 생각한다.

*물병자리 사장*이 성 차별, 인종 차별, 연령 차별을 하지 않는
'아시아 우편 주문 신부 서비스'에서 일할 남녀 직원을 모집함.

흠… 당신은 뚱뚱하고 늙은 서양 남자에게 가난한 제3세계에
서 억압받고 살아가는 여성을 소개하여 그녀들에게 더 나은 삶과
진정한 행복을 가져다 줌으로써 인류의 화합과 정신 세계의 성장
을 촉진하게 될 것이다. 그런데 도대체 불쌍한 여성들을 어떻게
박스에 넣는다는 말일까?

---

57) 세계적으로 이름난 현존 인물에 관한 인명사전

부하들의 반란!

물고기자리 사장이 고수익이 보장되는 재택 근무에 관심이 있는 사람을 찾습니다. 상세한 정보를 원하시는 분은 다음 주소로 500달러를 보내주십시오. 카리브 해 카이만 섬 사서함 101호

하! 말도 안 되는 광고를 찾았다. 당신은 이렇게 노골적인 거짓말과 사람을 현혹시키는 광고를 보면 공정 거래 위원희에 신고하고 싶어진다. 게다가 물고기자리가 사장이란 말도 절대 믿을 수 없다.

좀 어처구니없는 광고들이었다. 그사이 2분 30초 정도가 또 그냥 지나갔다. 아무래도 장기 실업 상태도 그리 나쁘지만은 않을 성싶다.

못 말리는 사장을 이기는 방법!

6월 22일~7월 23일

오전 9시

사랑하는 엄마,

좋은 소식이 있어요! 지금 새 책상에 앉아 이 편지를 쓰고 있답니다. 전망 좋은 창에 월급도 올랐고 새로운 직책도 얻었어요. 계획이 잘 맞아떨어진 거죠. 이렇게 행복한 날이 있으리라곤 생각도 못했어요.

엄마, 여긴 정말 전망이 좋아요. 차와 버스와 보행자들도 보이고 어머나, 세상에! 길에서 개를 걷어차는 남자가 있어요. 잠깐만 나갔다 올게요. 저런 광경은 참을 수 없어요.

부하들의 반란!

미안해요. 이제 좀 낫네요. 어쨌든 제가 불행하다는 사실을 처음 안 사람은 못 말리는 양자리 이사였죠. 어떻게 알았냐고요? 제가 '나는 너무나 불행합니다. 왜냐고 물어보세요' 라고 쓰인 플래카드를 나르고 있었거든요.

그는 제가 왜 그런 플래카드를 나르고 있었는지는 묻지도 않은 채 제게 이기적이라는 말만 했어요. 이렇게요.

"이보게 사무원, 자네가 관심을 두는 일은 하나뿐이지. 바로 자신의 기분 말이야. 자넨 내 기분이 어떤지는 생각해 본 적 있나?"

저는 황당해서 이렇게 말했어요.

"제가 왜 이사님의 기분이 어떤지 생각해야 되죠? 그리고 저는 사무원으로 불리고 싶지 않습니다. 저를 파일 배당과 서식 작성 담당자라고 불러주세요."

그리고는 한참 동안이나 울었죠. 지금은 기분이 즈금 나아졌어요.

엄마, 그 양자리 이사가 황소자리 이사에게 제가 한 말을 했나봐요. 그 둔한 늙은이가 와서 예전에는 파일 배당과 서식 작성 담당자가 없었다고 말하는 거예요. 그 시절에는 말과 수레로 그럭 저럭 때웠겠죠. 저는 다시 눈물이 났어요. 제가 '예전'이라는 말에 캐나다에서 마이클과 보낸 끔찍한 휴가를 떠올린다는 사실을 엄마도 알잖아요. 미안해요.

<h2 style="text-align:center">정오</h2>

다시 돌아왔어요. 지금은 좀 나아졌어요. 어쨌든 그 다음에 쌍둥이자리 이사님이 오셨어요. 그분이 '무슨 일 있느냐'고 묻더군요. 물론 저는 '아무 일도 없다'고 말했죠. 그는 '그럼 됐군'이라고 말했죠. 저는 그 말을 듣자 다시 눈물이 났어요. 그래서 엉엉 울어버렸죠. 그랬더니 '지금은 또 왜 그러냐'고 묻더군요. 전 그 말에 아무도 제 말을 믿는 사람이 없다고 했어요. 그러자 그는 이렇게 말했어요.

"사람들이 하는 말 믿지 말아요."

게자리 이사가 지나갈 때 저는 책상 밑에 앉아 조용히 훌쩍이고 있었어요. 그는 놀라는 것 같지 않았지만 적어도 무슨 일이냐고 묻는 배려는 잊지 않더군요. 저는 이렇게 중얼거렸어요.

"이 책상 때문입니다."

부하들의 반란!

그가 갑자기 눈물을 흘렸어요. 분명히 이혼한 전 부인이 책상을 좋아했을 거예요. 저도 모르는 사이에 그와 난 함께 책상 밑에 앉게 되었어요. 그의 무릎이 내 코앞에 있었고 제 왼쪽 무릎은 그의 겨드랑이를 찌르고 있었죠. 45분 정도가 지나 눈물이 마르자 그는 저에게 정확히 책상에 어떤 문제가 있느냐고 물었어요. 저는 울부짖었죠.

"너무 작아요."

그는 제 말에 동의하는 듯했어요.

사자자리 이사가 지나가면서 우리에게 트로이 전쟁을 재현하고 있느냐고 물으며 트로이의 헬렌[58] 부분을 연기해 주지 않겠느냐고 말했어요. 그 말에 저는 또다시 마이클의 가운데 이름이 트로이라는 사실이 생각났어요.

아, 이러면 안 되는데…….

오후 3시

잊지 말고 화장지를 더 사야겠어요. 그건 그렇고 그 다음에 처

---

58) 스파르타 왕의 아내로 절세미녀. 트로이 왕자 패리스에게 잡혀가 트로이 전쟁이 일어남

못 말리는 사장을 이기는 방법!

녀자리 이사가 도착했어요. 그는 더 큰 책상은 놓을 수 없다고 말하더군요. 그가 수집한 통계 자료에 따라 책상의 용도를 생각해서 배치했기 때문이래요. 그 자료를 제가 타이핑해서 올렸다면서 기억하지 못하느냐고 물었어요.

저는 훌쩍이며 그런 보고서는 '타이핑' 한 적이 없다고 말했어요. 제가 데이터 입력과 보관을 자동화한 이후로 자료를 직접 '타이핑' 할 일은 없어졌는데 왜 아무도 알아주지 않는 거죠?

어머나! 저 아래 인도에 서 있는 사람이 마이클 같아요. 그럴 리가 없는데…….

천칭자리 이사가 슬며시 다가와서 타협안을 내놓았어요. 큰 책상 대신에 더 멋진 책상, 예를 들면 파란색 책상은 어떻겠느냐고 물었죠. 저는 관심도 두지 않았죠. 그 사람을 보느라고요.

맞아요! 저 사람, 마이클이 맞아요!

저녁 7시

늦게까지 일하고 있어요, 엄마. 이 편지와 일을 끝내려면 이 방법밖에 없어요. 회사에서 제게 고마움을 느낀다면 좋겠어요.

전갈자리 이사가 지난주에 저에게 빌려준 50달러의 이자를 받으러 왔어요. 저는 없다고 했죠. 제 월급으로는 하루에 20퍼센트의 이자조차 감당할 수 없다고 말했어요. 그는 아주 나지막한 목소리로 천천히 말했죠. 돈을 갚을 방법을 찾지 못하면 아주 긴 휴

부하들의 반란!

가를 가게 될 거라고 말이에요.

아, 휴가라는 말 때문에 밴쿠버에서 일어난 무서운 사고와 또 마이클이 생각났어요. 그래도 울지는 않았어요.

마이클은 아직 저 아래에 있어요. 빨간 장미 꽃다발을 들고 저를 올려다보고 있는데 제 기분은 비참했다가 침울해지고 있어요.

저녁 9시

사흘 전부터 다시 말을 하게 됐어요. 사수자리 이사가 오더니 기분 전환을 위해 공원에 조깅하러 가자고 했기 때문이었죠. 저는 그의 정강이를 걷어차 주고 싶었어요.

엄마, 마이클은 지금 인도에 서서 뭔가를 흔들고 있어요. 플래카드네요. 거기에 '사랑해, 제발 용서해 줘'라고 쓰여 있어요. 한동안은 그를 그리워하며 우울해할 것 같아요.

엄마, 그 다음에는 염소자리 이사가 왔어요. 그녀는 가만가만 다가와서 제 어깨를 다독이며 저를 의자에 앉히고 차를 건넸어요. 제 기분이 어떤지 안다고 말했죠. 그녀의 친구 한 명이 저와 비슷한 경험을 했다며 누군가에게 기대어 견디래요. 신부님께 도움을 청하는 것도 좋다고 했어요. 하지만 저는 싫다고 했죠. 그러자 그녀는 제게 이렇게 말했어요.

"그러면 내가 무엇 때문에 당신과 이야기하고 있는 거죠? 당신

못 말리는 사장을 이기는 방법!

전 그녀 때문에 다시 침울해졌어요.

오, 보세요. 마이클이 저에게 키스를 보내고 있어요. 그를 무시하는 척해야겠어요.

밤 10시

물병자리 이사가 이 사태를 논의하기 위해 긴급 회의를 소집했어요. 그는 저의 월급을 인상하면 도움이 되지 않겠느냐고 말했죠. 그리고 창문 옆에 있는 빈 책상은 풍수적으로 건물에 좋은 영향을 끼치니 옮길 수 없다고 했어요. 대신 저에게 침을 놓아주겠다고 했어요. 기분이 나아질 거래나요. 저는 좋다고 했어요.

그가 제게 침을 놓자 따끔한 느낌이 들며 다시 마이클이 생각났어요. 5센티미터 수술용 칼을 뱃속에 넣고도 고통을 참아낸 마이클의 이야기를 기억하시죠?

밖에 비가 오고 있어요. 마이클이 저와 데이트를 하면서 술집 여자에게 말을 걸던 일이 기억나요. 아마 그도 그 일을 회상하고 있을 거예요.

마침내 물고기자리 이사가 와서 이 모든 일이 자신의 잘못은 아니지만 조용하고 평화로워질 수 있다면 저에게 새로운 직책을 주겠다고 했어요. 심지어 제 책상에 놓을 명패를 직접 새겨주겠

부하들의 반란!

다고까지 말했죠. 그는 약속을 지켰어요. 엄마, 이제 저의 공식적
인 직책은 입사 지원서와 기업 이미지 관리 담당자랍니다. 곧 익
숙해질 거예요.

어머! 어떡해요. 이제 마이클이 이쪽으로 오고 있어요. 제가
'모두 용서했어요, 내게로 와요'라고 쓴 종이를 창문에 붙였기
때문일까요? 아닐 거예요.

쯧쯧, 엄마, 저것 보세요. 버스가 마이클 바로 앞에 섰어요.

쿵, 철퍽.

아휴~ 다행히 모두 괜찮네요. 엄마, 그나저나 전 너무 행복해
서 눈물이 날 것 같아요. 영원히 사랑해요, 엄마.

게자리 딸 올림.

사자자리

직원

7월 24일 ~ 8월 23일

당신을 포함해서 모든 사자자리는 오직 자신만을 위해 이 세상에 태어났다. 당신의 초인간적인 재능과 초자연적인 미모로 당신은 전 우주의 주인이 되고도 남는다. 그러니 만일 당신을 경비원에서 이사로 승진시켜 주지 않는다면 현재의 사장이 당신의 당연한 권리를 거부하고 있는 것이다.

그들은 미천한 지구인이며 어리석고 무신경하므로 스스로 아무 일도 할 수 없다. 이런 사실로 볼 때 당신은 이제 그들의 밑에서 더는 일할 이유가 없다. 마지막으로 그들에게 받을 것은 다음 직장을 위한 그들의 추천서뿐이다.

부하들의 반란!

다혈질인 양자리 사장의 추천서

담당자께.

저는 회사 변호사들로부터 이 특정 직원의 업무 수행에 대해 언급하지 말라는 조언을 받았습니다. 그러나 책임자는 변호사가 아니라 저 자신이므로 이 사자자리 직원이 어제 사소한 문제에 과민한 반응을 보였다는 사실을 말하는 바입니다.

그렇습니다. 이 멍청이가 제 모닝 커피에 탈지우유 대신 일반 우유를 붓길래 제가 버럭 소리를 질렀습니다. 네, 전 제가 불평하는 한 직원의 목을 졸랐습니다. 하지만 제 행동이 법원과 언론에 의해 매도당하는 이유를 이해할 수 없습니다. 그 일이 일어났을 때 저는 정상적인 정신 상태가 아니었기 때문입니다.

과거에 묶여 사는 황소자리 사장의 추천서

담당자께.

저의 소견으로 이 사자자리 직원은 좀 더 전도 유망한 회사에서 유용하게 쓰일 별난 아이디어들을 많이 가지고 있습니다. 아무래도 더 개방적인 상사라야 완고한 늙은이라는 소리를 듣고도 화를 내지 않으리라 생각합니다.

어쩌면 경제적으로 사고방식이 최신식인 상사는 직원들에게

못 말리는 사장을 이기는 방법!

옛날 파운드나 실링보다 달러나 센트로 임금을 주는 편이 혁신적
이고 혁명적인 행동이라는 사실에 동의할 수 있을 것입니다.

사업과 직원들에게는 전혀 관심없는
쌍둥이자리 사장의 추천서

담당자께.
염소자리 직원의 앞날에 늘 성공만 있기를 바랍니다.(이럴 수가,
나는 사자자리다!)

소심한 게자리 사장의 추천서

담당자께.
처음에 제가 이 직원에게 '이런 속도라면 당신은 3개월 안에
내 자리에 앉아 있겠군' 이라는 말을 했는데 이 직원이 액면 그대
로 받아들이는 바람에 어처구니없는 오해도 있었지만 이 사자자
리 직원은 한 번도 제 자리를 탐하거나 저에게 불만을 표현한 적
이 없었습니다.
그러나 3개월도 채 지나지 않아 제가 화장실에서 개인적인
위기에 봉착해 있는 동안 사자자리 직원이 아무렇지도 않은 듯,
제 자리에 앉아 일 처리하는 모습을 보고 저는 할 말을 잃었습

부하들의 반란!

니다.

못 말리는 독재자인 사자자리 사장의 추천서

담당자께.

　사자자리 직원은 매우 근면하고 충성스러우며 재주가 많고 모든 사람들이 좋아하는 아주 매력적인 직원입니다. 그러나 안타깝게도 저희 회사에 이런 사람을 위한 자리는 단 한 곳뿐이었습니다.

편집증적인 처녀자리 사장의 추천서

담당자께.

　사자자리 직원은 2002년 3월 10일 월요일 오전 9시 1분[59]부터 2002년 3월 10일 월요일 오전 9시 8분까지 저희 회사에서 일했습니다. 비록 늦게 출근해서 일찍 퇴근하는 일이 저희 회사에선 해고 사유가 되지만 아직도 남은 서류 정리 작업이 많기 때문에 사자자리 직원에게 한 번 더 기회를 주려고 생각하고 있습니다.

---

59) 그래요, 월요일 맞습니다. 그러니 처녀자리 씨, 이제 그만 끼어들고 입 좀 다무세요

아무것도 결정할 줄 모르는 천칭자리 사장의 추천서

담당자께.

사자 자리 직원은 저의 지도나 도움없이 이 회사를 꾸려 나갈 만큼 재주가 뛰어나고 신중한 직원임을 보장합니다. 하지만 어찌된 일인지 사자자리 직원이 회사를 떠난 사실과 이 회사의 부도가 직접적인 관련이 있다는 보고를 받게 되었습니다.

의심이 많은 전갈자리 사장의 추천서

담당자께.

사자자리 직원은 저희 회사를 위해 15년 동안 일한 후에 더 새롭고 참신한 기회를 찾기 위해 회사를 옮기기로 결심했습니다. 저는 그런 노골적인 기만과 배신 행위를 꿰뚫어 보고 있었으며 그가 떠남과 동시에 검은색 바지 두 벌과 파란색 셔츠 한 벌, 스카치테이프 한 개, 편지 봉투 네 장이 없어졌다는 사실을 발견했습니다. 따라서 이 사자자리 직원과의 계약을 파기하는 것 외에는 선택의 여지가 없습니다.

저돌적인 사수자리 사장의 추천서

담당자께.

사자자리 직원과 작별 인사를 나눠야 한다는 사실이 너무도 슬픕니다. 그러나 저희 회사에서 의무적으로 실시하는 점심 시간 롤러블레이드 강습을 금지시킬 목적으로 팀 훈련 주간을 이용해 저에 대한 반란을 모의할 만큼 정정당당하지 못한 사람은 이 회사에 있을 수 없습니다.

음흉하고 치밀한 염소자리 사장의 추천서

담당자께.

사무실에서 사자자리 직원은 분명 활기가 넘칩니다. 복도 끝에 있어 도시의 경관이 보이는 제 사무실에서는 특히 더 그렇습니다. 저는 회사의 사장으로서 하루 종일 그 사무실에 앉아 있지만 가구와 구별이 되지 않는 관계로 사자자리 직원은 제가 있다는 사실을 인식하지 못했습니다. 만일 그가 사주의 딸과 결혼으로 맺어져 있다면 이런 일은 눈감아줄 수도 있겠지만 현실은 그렇지 않습니다. 결혼으로 맺어진 사람은 바로 저이기 때문입니다.

이상주의자인 물병자리 사장의 추천서

담당자께.

저는 이 기회에 해고 조치가 부당하다는 직원의 주장이 부정확하고 편향된 생각임을 지적하고자 합니다.

이 사자자리 직원은 흑인도, 여성도 아니며, 그렇다고 신체 혹은 정신적인 장애인도 아닙니다. 다만 그는 회사 오토바이가 최상의 상태인데도 업무용 차량을 요구했기 때문에 해고되었습니다.

무책임하고 지도력이 없는 물고기자리 사장의 추천서

담당자께.

당신이 이 글을 읽을 때쯤이면 저는 더 이상 지구상에 없을 것입니다. 모든 일은 사자자리 직원의 잘못이라고 감사원에게 꼭 전해주십시오.

부하들의 반란!

처녀자리
직원
8월 24일~9월 23일

다음은 기록 광인 처녀자리 직원이 열두 별자리 사장의 질문을 받고 자신의 의견을 적은 메모이다. 사장들의 사소한 질문조차 파일 번호를 매겨가며 정리해 놓은 처녀자리의 꼼꼼함이 돋보인다.

메모

☞ 참조 파일 : 물병자리 사장 /212/B45/광고 시안에 대한 질문

물병자리 사장님께.

아침에 올린 광고 캠페인 시안에 관심을 보여주셔서 감사합니

다. 문의하신 내용에 대한 답변은 다음과 같습니다.

· 8매 묶음 옥외용 포스터 45세트는 대략 성숙한 나무 32그루에 상당하는 생물 자원이라 할 수 있습니다. 그것도 외래종 중의 하나가 아니라 라디아타 소나무[60]입니다.

· 그렇습니다. 이것은 전국 산림 정책의 목표에 잘 부합됩니다.

· 종이는 재활용 재질입니다. 그러므로 사장님의 허가로 말미암아 아기 다람쥐 한 마리라도 숲에서 쫓겨나는 일은 없을 것입니다. 물론 땅의 여신에게 염소를 제물로 바칠 필요도 없습니다.

메모

☞ **참조파일 : 황소사장 /254/B64/ 요즘은 아무도 읽지 않음**

황소자리 사장님께.

· 동의합니다. 이런 말도 안 되는 재활용품들에 미래는 없습니다.

· 그러나 과거는 많이 있습니다.

· 아닙니다. 그들은 예전처럼 많은 광고 포스터를 만들지 않습니다.

---

60) Pinus radiata : 미송 또는 뉴질랜드 소나무로 알려진 이 수종은 성장률이 빠르며 체계적인 육림이 특징인 종류로 많은 분야에 널리 사용되는 수종으로 알려져 있다

부하들의 반란!

메모

☞ 참조파일 : 쌍둥이부장 /245/B62/2B/ 아니면 /2B/
안건을 이해할 수 없음

쌍둥이자리 부장님께.

· 부장님, 죄송합니다. 업무상의 실수로 12별자리 부서장들 중에 부장님께만 광고 계획서 사본이 전달되지 않았습니다. 즉시 보내 드리겠습니다.

· 모든 계획안에 동의하신다는 말을 들으니 매우 기쁩니다.

메모

☞ 참조파일 : 전갈사장 /254/B79/ 자네는 못생겼고 말투가 재수없군.

전갈자리 사장님께.

사장님께서 제안하신 광고 문구에 대한 시장조사 결과입니다.

· '우리 제품은 정말로 좋습니다' 를 택한 사람은 39명이었습니다.

· '우리 제품은 다른 회사 제품보다 더 좋습니다' 를 택한 사람은 59명이었습니다.

· '우리 제품을 사지 않으면 당장 찾아가서 혼쭐을 내드릴 겁니다' 는 단 두 명만 선택했습니다.

그렇습니다. 응답자 중에서 조직 폭력계에 몸담고 있는 사람들에게는 100퍼센트 긍정적인 응답이 나왔습니다. 그러나 그런

못 말리는 사장을 이기는 방법!

틈새 시장의 요구에 맞추는 일은 세심한 주의가 필요합니다. 그들이 비록 사장님의 사촌들이라 하더라도 말입니다.

메모

☞ **참조파일 : 물고기사장 /254/B82/ 이런 안건들은 어떤가?**

물고기자리 사장님께.

212가지 안건을 제안해 주서서 감사합니다. 많은 도움이 되었습니다. 그 안건들을 광고 회사에 제출하여 다음과 같은 응답을 받았습니다.

· 제안 001-208 : 불가.

· 제안 209-210 : 농담이겠죠.

· 제안 211 : 히히히히히히. 제발 그만 하십시오. 당장 그만두시라고요. 저를 웃겨서 죽일 작정은 아니시겠지요? 호호호호호호. 켁켁. 아이고~ 허리야.

· 제안 212 : 다음 회의 때는 비스킷보다 쿠키가 낫겠다는 생각은 아주 훌륭합니다. 곧 시행토록 하겠습니다.

· 잘하셨습니다. 지금까지 낸 제안서 중에서 가장 낫다고 말하지 않을 수 없군요.

메모

☞ **참조파일 : 사수사장 /254/B50/ 게으름뱅이들아, 앞으로 전진! /왼발-오른발-왼발-오른발/ 제자리에 서! : 234/**

서 : 234

광고 문구로는 '우리 제품을 쓰면 생활이 바뀝니다' 가 대상을 차지했습니다.

· 최근 콜롬비아 대학교에서는 소비자의 습관에 영향을 끼치는 중요한 요인들을 조사했습니다. 연구 결과에 따르면 다음 내용과 관계있는 제품을 사지 않겠다는 사람이 98.3퍼센트였습니다.

- 극심한 테러
- 구역질
- 생명을 위협하는 상해
- 피라니아[61]가 가득한 강에 거꾸로 매달리기
- 발목 탈구

이 연구의 결론이 제안하는 내용은 이렇습니다. 회사는 직원 선물로 아마존 번지점프 여행이 아니라 2인용 고급 레스토랑 식사권을 제공하는 편이 좋습니다. 당신처럼 휴일에 아마존에서 번지점프를 하고 싶어하는 사람은 많지 않을 것입니다.

메모

☞ 참조 파일 : 처녀사장/254/B34/ 임금 인상 요구서에 대한 질문

---

61) Piranhia : 이빨리 날카로운 남미산 민물고기

<u>*처녀자리 사장님께.*</u>

 자세한 질문 목록을 보내주셔서 감사합니다. 대답은 다음과
같습니다.

　· 유의성 0.2 이하에서 17 {4−6n)3+89.6〉45[y−x=n]−90.

　· 합금에 아연이 들어 있지 않다면 미시시피 사람. 푸른색.

　· '오오, 불쌍한 요릭! 호레이쇼, 난 이 사람을 안다네.'

　· 1954년 마드리드.

 이 답변이 모의 재판 게임에 도움이 되었기를 바랍니다. 다
음부터는 광고에 대해 궁금한 사안이 있을 때만 연락을 주십시
오.

메모

　☞ **참조파일 : 천칭사장/245B72/ 거울아, 거울아, 우리 광
고에 가장 좋은 색상은 뭘까?/색상 결정은 거울에게 물어보는
게 어떻겠나?**

 천칭자리 사장님께.

 요청하신 대로 광고 게시판에 사용할 색상 계획에 대한 귀하
의 의견을 광고 회사에 보냈습니다.

 다음은 광고 회사에서 보내온 답변입니다.

　· 사람들은 대부분 밝은 노란색에 당신처럼 부정적으로 반응
하지는 않습니다. 1986년에 사람들이 노란색 양복을 거의 사지
않은 이유는 세 번만 세탁하고 나면 겨드랑이 솔기가 풀려 버렸
기 때문입니다.

· 광고 게시판은 귀하의 집에서 3킬로미터 떨어진 곳에 설치될 것입니다. 그러므로 귀하의 표현대로 '끔찍한 파스텔 블루' 색상은 귀댁의 연한 자줏빛 지붕과 대비되지 않을 것입니다.

· 표범 가죽은 유행이 지났습니다. 그것도 모르십니까?

메모

☞ **참조 파일 : 염소사장/245/B12/ 그보다 궁금한 게 있는데 말일세**

염소자리 사장님께.

이 시점에서 질문하신 내용에 모두 답해 드릴 수 없는 점 유감스럽게 생각합니다. 정보의 자유에 관한 법률 제정은 복잡한 문제입니다. 현재로서는 이런 말씀만 드릴 수 있습니다.

· 맞습니다. 우리가 거래하는 광고 회사는 지방 법원의 아첨 판사와 관계가 있습니다.

· 아니오, 그는 미혼입니다.

· 예, 그의 애인은 여행 상담가인 소냐 마리 베트위츠라는 여성입니다.

· 별로 그렇지 않습니다. 매주 한두 번이지만 밤을 새고 가는 일은 없었고 판사와 인사를 하지도 않았습니다.

· 사진상으로는 특별한 일이 드러나지 않았습니다.

· 에이전시에서 반 블록 떨어진 모바일 폰 와인바에서 매주 금요일 오후 여섯 시경 출입구 왼쪽 세 번째 탁자. 그는 미니스커

못 말리는 사장을 이기는 방법!

트와 하비 월뱅어[62] 칵테일에 가장 좋은 반응을 보입니다.

메모

☞ **참조파일 : 게사장/245/B65/ 홍보에 관한 여러 가지 질문**

게자리 사장님께.

홍보 전략에 관심을 보여주셔서 감사드립니다. 사장님의 질문을 받고 고된 조사 과정을 거친 결과 다음과 같이 답변할 수 있게 되었습니다.

a / 예.

b / 예.

c / 아니오.

d / 예.

e / 예, 그렇지만…

f / 제가 말한 바와 같이…

g / 지금은 그럴 필요가 없을…

h / 제가 말할 때는 저를 봐주십시오.

i / 저를 보세요.

j / 제 말을 듣고 계십니까? 집중 좀 해주십시오, 사장님.

k / 그렇게 해보세요. 저는 신경 쓰지 않습니다.

---

62) Harvey Wallbanger : Harvery라는 서핑선수가 우승을 기념한 파티 시상식에서 그가 좋아하는 스크루드라이버에 갈리아노를 첨가해 마신 후 너무 취해서 몸을 가누지 못하고 벽에 머리를 쿵쿵 부딪친 데서 유래된 칵테일

부하들의 반란!

메모

☞ 참조 파일 : 양사장/245/B82/ 시장조사를 위한 제안

양자리 사장님께.

제발 저를 나무라지 마십시오. 시장조사를 돕겠다는 사장님의 제안을 광고 회사에서 거절한 이유를 물어보았습니다. 두 가지 이유가 있었습니다.

제안하신 '도움'의 내용을 보면 200명의 명단과 전화번호가 있는데 그중 절반이 사장님의 번호였습니다. 그리고 나머지 반은 친척들의 번호로 드러났습니다.

처음 30명을 대상으로 한 조사에서 광고 게시판엔 밝은 색상을 선호한다는 결과가 나왔습니다. 귀가 들리지 않는 사람의 이해를 도울 수 있다는 이유였습니다. 광고 회사에서는 이것이 사장님의 생각이 아니었느냐고 말했습니다.

메모

☞ 참조파일 : 사자사장/245/B61/ 설문 결과는 어떻게 되었나?

사자자리 사장님께.

TV광고에 가장 어울리는 연예인에 대한 설문 조사가 종결되었습니다. 이름과 득표율은 다음과 같습니다.

캐서린 제타존스 : 86%

브래드 피트 : 75%

덴젤 워싱턴 : 71%

브리트니 스피어스 : 69%

『운명의 아이들』에서 치마가 가장 짧은 여 배우 : 68%

그레타 가르보로 꾸민 사장님 : 0.01%

　사장님께서는 실망하시겠지만 진짜 그레타 가르보보다는 점수가 높았다는 사실에 위안을 받으시기 바랍니다. 그녀의 득표율은 0.0001퍼센트였습니다. 나머지 99.9999퍼센트의 사람들은 그녀가 이미 사망했기 때문에 전처럼 섹시하지 않다고 말했습니다. 여러 사람이 사장님의 가슴 굴곡이 멋지다고 말했지만 격리 치료가 필요하다고 말한 사람도 세 명 정도 있었습니다.

부하들의 반란!

동료들 사이에서 빌 클린턴만큼 뛰어난 언변으로 유명한 당신은 까다로운 상사와 더 까다로운 그들의 질문에 대응하는 데 능숙하다. 특히 소심한 인사 관리 직원의 얼굴을 봐서 응해준 다음과 같은 우스꽝스러운 설문지를 받았을 때는 더욱 그렇다.

1 못 말리는 양자리 상사와 중요한 고객과의 회의에 지각했을 때 당신의 행동은?

　a) 상사를 때려눕힌 뒤 그 자리에서 사직한다.

　b) 세 시간 동안이나 아르마니 슈트의 세탁이 끝나기를 기다리

못 말리는 사장을 이기는 방법!

게 만든 한 시간 완성 세탁소 주인을 원망한다.

　c) 할머니가 돌아가셨고 애완견이 잔디 깎는 기계에 치였는데 일주일밖에 살 수 없다는 의사의 말을 들었다고 하며 그의 동정심을 자극한 후 해고되기를 기다린다.

② 못 말리는 황소자리 상사에게서 결단력이 없고 경솔하다는 말을 들은 당신이 그에게 응수할 말은?

　a) 정말 그렇게 생각하십니까? 원하시면 회사를 떠나겠습니다.

　b) 그래도 최소한 저는 K-마트에서 옷을 사지는 않습니다.

　c) 식사를 하면서 말을 안 할 수 없습니까?

③ 못 말리는 쌍둥이자리 상사가 계속 자신의 임무를 잊어버리고 몇 시간씩 사무실을 비운다면 당신은 어떻게 하겠는가?

　a) 그가 나타날 때마다 그의 업무 내용이 적힌 자료를 제출한다.

　b) 회사 경비원들을 동원해서 그를 자택에 감금한다.

　c) 조용히 신에게 감사드린다. 그가 애용하는 물방울, 체크, 줄무늬, 격자 무늬의 돌체 앤 가바나 슈트가 계속 눈에 거슬렸기 때문이다.

④ 못 말리는 게자리 상사가 재미없는 말을 하면서 웃어주기를 기대할 때 당신은 어떻게 하는가?

　a) 그의 기분이 상하지 않도록 어정쩡한 웃음소리를 낸다.

b) 정말 유쾌해져서 바닥을 구른다. 게자리 상사의 처절한 노력이 우스꽝스러웠기 때문이다.

c) 자신이 청각 장애인이라는 사실을 조용히 신께 감사드린다. 당신은 장애인 고용을 확대시키기 위한 정부의 노력으로 이 회사에 배치되었다.

5 사소한 심부름만 시키는 못 말리는 사자자리 상사 때문에 인내심이 한계에 달한 당신은?

a) 마케팅 부장인 당신이 그녀의 사무실 거울 위에 달린 전구를 교체하기 위해 창고를 뒤지는 일은 시간과 돈의 낭비라고 지적한다.

b) 그녀의 개인 스타일 리스트 세 명은 컴퓨터 게임에만 열중하고 있다고 말한다.

c) 즉석 카메라로 자신을 찍느라 아무 말도 들을 수 없는 그녀를 보며 그냥 심부름을 한다.

6 당신이 못 말리는 처녀자리 상사를 위해 일한다면?

a) 자살한다.

b) 그를 죽인다.

c) 그를 다시 죽인다.

7 체계적으로 운영되던 회사가 우유부단한 천칭자리 상사가 부임한 뒤로 빠르게 몰락해 간다면 당신은?

a) 그의 옆에 나란히 선다. 당신도 같은 별자리이기 때문이다.

b) 그의 앞에 선다. 아무 잘못도 없이 직장을 잃게 되어 화가 난 직원들 때문에 그가 당신 뒤에 숨었기 때문이다.

c) 그에게서 멀찍이 떨어진다. 그와 똑같은 프라다 셔츠를 입었기 때문이다.

8 못 말리는 전갈자리 상사의 사무실에서 바쁘게 책상의 먼지를 털고 있는데 갑자기 그가 당신의 뒤에 선다. 당신의 반응은?

a) 깜짝 놀라서 비명을 지른다.

b) 조용히 방귀를 뀐다.

c) 그가 계속 따라다녔기 때문에 무시한다. 그리고 그의 만년필을 주머니에 넣지 않았다는 사실을 확인시킨다.

9 평범하고 진부한 연설 때문에 직원들이 산만해지자 못 말리는 사수자리 상사가 실망을 금치 못한다. 당신의 행동은?

a) '거 보세요, 제가 미리 경고하지 않습니까' 라고 말하고 싶은 것을 억누르고 '걱정하지 마세요, 나중에 웃는 자가 이기는 겁니다' 라며 위로한다.

b) 미안한 생각을 떨쳐 낸다. 그는 사수자리이므로 당연한 결과다.

c) 마음을 가라앉히려고 노력하며 이렇게 소리친다.

"이런 일로 실망하셨습니까? 그러면 사장님의 연설을 들어야

부하들의 반란!

하는 이 불쌍한 직원들의 심정은 어떨 것 같습니까?"

⑩ 이번 주에만 세 번째로 당신의 못 말리는 염소자리 상사는 머리에서 발끝까지 갈색과 베이지 색으로 꾸미고 나타났다. 당신의 행동은?

　a) 집에 돌아가서 머리를 싸매고 눕는다.

　b) 그가 장난을 치는 게 분명하다고 억지로 자신을 위로한다.

　c) 가운데 가르마를 타지 않은 것만으로도 다행이라고 생각한다.

⑪ 당신이 새로 산 바다표범 가죽 신발을 신고 사무실에 나간다면 못 말리는 물병자리 상사는 화를 내겠는가?

　a) 어쩌면.

　b) 음, 별로 그렇지 않을 것이다.

　c) 무슨 이유로 화를 낸단 말인가! 단지 아기 바다표범의 가죽일 뿐 멸종 동물은 아니다!

⑫ 못 말리는 물고기자리 상사가 신경 쇠약 때문에 휴가를 가면서 대신 회사를 부탁했다. 당신의 행동은?

　a) 당신도 신경 쇠약에 걸린다.

　b) 복용하는 약을 좀 줄이고 정신을 차리라고 말한다.

　c) 물고기자리가 그렇게 높은 직책에 오르게 된 이유가 궁금해

진다.

　위의 질문들에 대한 대답을 모두 회피하는 데는 성공했지만 당신이 질문지로 종이비행기를 접고 있자 이를 본 인사관리 직원은 격분한다. 앞으로 은행이나 공공기관에는 지원서조차 절대 낼 수 없게 될 것이다.

부하들의 반란!

전갈자리
직원

문 뒤에서 참을성있게 기다리기, 발소리를 내지 않고 복도 걷기, 돈 받고 입 다물기 등의 기술을 전갈 학교에서 모두 배운 당신은 열두 명의 못 말리는 상사들에게서 승진과 임금 인상 등의 특전을 당연히 따낼 수 있을 것이다.

1월

못 말리는 염소자리 상사가 내 마음을 읽고 있다는 사실을 알았다. 불행한 사실이다. 나는 그가 멍청이라고 생각했는데 말이다.

빨리 월급을 올려주지 않으면 그가 새로 온 상냥한 접수계원과 사무실에서 놀아난다는 사실을 그의 부인에게 알릴 계획이었다.

못 말리는 사장을 이기는 방법!

2월

못 말리는 물병자리 상사가 방목하지 않은 쇠고기로 만든 햄
버거를 먹고, 정치적으로 문제가 있는 남미 국가에서 생산된 커
피를 환경에 유해한 폴리스티렌 컵으로 마시는 모습을 포착했다.
그 사실을 임금 인상에 이용할 계획이다.

3월

못 말리는 물고기자리 상사의 사무실 주위를 어슬렁거리는데
그가 복도에서 나를 불러 세워 자신의 자리를 대신 맡아달라고
애원하다시피 한다. 심드렁한 표정으로 이미 그 자리는 내 것이
라고 말한다. 내가 사무실 주위를 배회하고 그는 복도에 나와 있
는 것이 그 증거이다.

4월

주말에 사무실에 몰래 들어와서 이력서를 작성하다가 못 말리
는 양자리 상사가 지역 고아원 아이들을 초대해 따뜻한 미소를
지으며 땅콩버터와 젤리샌드위치 나눠 주는 모습을 목격했다. 나
를 발견한 그의 얼굴에 떠오른 놀란 표정은 값으로 따질 수 없었
다(나의 월급도 그만큼 오를 것이다).

5월

못 말리는 황소자리 상사가 옛날 방식으로 돌아가 직원들에게

돌과 조각칼을 지급한다고 하자 나는 그 방침이 매우 못마땅했
다. 그런데 나는 그가 몰래 깃펜으로 양피지를 긁고 있는 모습을
발견하고 몹시 당황했다. 내 석판과 분필을 돌려줄 때까지 그의
깃펜과 양피지를 압수하고 싶은 기분이 들었다.

6월

못 말리는 쌍둥이자리 상사는 중요한 약속이 있다며 몰래 사
무실을 빠져나가 근처 비디오 가게로 향했다. 그 모습을 본 나는
그의 책상으로 가 쌓여 있는 서류 더미에서 의사의 진단서를 찾
아냈다. 놀랍게도 그는 집중 장애와 다중 인격 증후군, 기억 상실
증뿐만 아니라 대상포진[63]까지 앓고 있었다.

나는 조금 더 큰 사무실과 약간의 임금 인상을 약속받고 부인
에게는 알리지 않기로 했다. 자기에게 부인이 있는지는 기억하는
듯하다. 어쩌면 여러 명일 수도 있겠다.

7월

남자 화장실에서 못 말리는 게자리 상사를 다시 발견했다. 얼
굴을 소변기 쪽으로 돌리고 진저리를 치며 역겨운 소리를 내는
그의 발 밑에는 젖은 화장지들이 널려 있었다. 그의 옷과 얼굴과
벽에 묻은 오물을 닦아내면서 나는 그가 또 울었다는 사실을 다
른 사람에게 말하지 않기로 약속한다. 물론 앞으로 내가 제출할

---

[63] 대상포진 바이러스의 감염으로 일어나는 수포성 피부 질환.

영수증들을 모두 승인하는 조건이다.

8월

못 말리는 사자자리 상사에게 배달된 속달 편지를 받고 나는 그것에 서명을 했다. 그는 자신의 추종자가 보낸 팬레터라고 생각하고 내 손에서 봉투를 채간 후(내가 먼저 봉투에 김을 쐬어 열어보려고 했지만) 내용을 읽더니 이내 바닥으로 내던져 버렸다. 나는 편지를 힐끔 쳐다보고 입양에 관한 내용임을 알아챌 수 있었다.

편지에는 상사가 하느님의 친아들이 아니라는 사실이 분명히 드러나 있었다. 나는 충격을 받은 상사에게 5천 명을 먹일 수 있는 점심 값을 받고 나서 이 비밀을 폭로하지 않겠다며 그를 안심시켰다.

9월

피해망상에 사로잡힌 못 말리는 처녀자리 상사는 내가 자신의 일을 빼앗으려 한다고 몰아세웠다. 이에 나는 두말없이 보고 있던 파일을 서류 정리함에 다시 가져다 놓았다.

10월

못 말리는 천칭자리 상사가 얼굴 마사지와 페디큐어를 받으러 나간 동안 나는 문 뒤에 있는 이중 잠금 장치가 된 금고에서 '사생활 및 기밀' 이라고 쓰인 쇼핑백을 발견했다. 내용을 완전히 분석할 시간은 없었지만 면과 폴리에스테르 혼방의 라운드 넥 티셔

츠 세 장을 발견할 수 있었다. 이것은 모두 기성복이었다. 나는
고급 양장점에서 티셔츠를 사 입는다고 말할 것이다.

11월

한밤중에 못 말리는 전갈자리 상사의 책상을 샅샅이 뒤지다가
그의 사무실에 설치된 양 방향 거울을 통해 그가 옆에 있는 내 사
무실에서 서랍을 뒤지는 모습을 볼 수 있었다. 이번에는 내 사무
실에 설치된 양 방향 거울을 통해 그가 나를 훔쳐본다. 그러나 그
가 내 서랍에서 찾은 협박 편지는 내가 그의 서랍에서 발견한 섹
스비디오에 비하면 아무것도 아니다.

12월

못 말리는 사수자리 상사의 인생에도 '유비무환'이라는 격언
이 항상 들어맞지는 않는가 보다. 그가 일에만 매달린다는 이유
로 아내에게 이혼을 당한 후 끔찍한 사고로 집과 아이들과 애완
견을 잃었다는 말을 우연히 듣고 나는 그를 동정할 만큼 마음이
흔들리고 말았다. '힘내요, 그렇게 나쁜 상황만은 아니에요, 암
벽 등반이나 하러 가자고요'라고 말하려 했지만 그는 스포츠를
좋아하지 않는 땅딸보였다. 내 의료 비용을 결제해 주지 않는다
면 그에게 등을 돌릴 생각이다.

사수자리
직원

한 직장에 오래 있지 못하는 당신은 이직 준비를 위해 이력서를 다시 작성하기로 한다. 사수자리들이 항상 생각하듯 정직이 최선의 방책이라고 믿는 당신은 함께 일했던 못 말리는 사장들 열두 명의 이름과 그들이 지시한 말도 안 되는 일들, 그리고 직장을 떠난 타당한 이유들을 공들여서 기록한다.

부하들의 반란!

완전히 못 말리는 주식회사

대표 : 못 말리는 양자리 사장.

공식 직함 : '어이, 자네!'

직무 해설 : 사장의 신발을 깨끗이 핥고 난 다음 그 일을 제대로 하기 위해 팔굽혀 펴기 천 번하기.

퇴사 이유 : 내 입에 붙인 청 테이프를 떼주지도 않으면서 어떻게 신발을 핥을 수 있겠느냐고 사장에게 반항하다가 두 팔이 잘려 그가 지시한 팔굽혀 펴기 천 번을 할 수 없어서.

완고한 노인네 주식회사

대표 : 못 말리는 황소자리 사장.

공식 직함 : '비서'(그러나 본인은 '개인 보좌관'이라는 직함을 선호함).

직무 해설 : '비서'라는 단어는 이제 아무도 쓰지 않는다는 사실을 완고한 노인네에게 납득시키기 위해 전달하려는 요점을 수동 타자기로 작성하다가 답답한 마음에 주먹으로 연신 내리치기.

퇴사 이유 : 습관성 팔목 접질림.

못 말리는, 못 말리는 & 못 말리는 주식회사

대표 : 못 말리는 쌍둥이자리 사장.

공식 직함 : 경리 사무원(또는 사장의 마음이 내키는 대로 행정 직원, 수위, 점원, 컴퓨터 프로그래머, 배달원, 심부름꾼, 상무이사, 총무부장, 개인 보좌관, 접수계원, 동물학자도 됨).

직무 해설 : 알 수 없음.

퇴사 이유 : 자신이 누구인지 알 수 없어져서.

알 수 없는 주식회사

대표 : 못 말리는 게자리 사장.

공식 직함 : 상주 심령술사.

직무 해설 : 그 멍청이가 괴로움을 털어놓을 때 알맞은 동정, 연민, 걱정의 표정을 지을 수 있도록 사장의 기분이 어떤지 매일 파악.

퇴사 이유 : ‘세상에, 정말 안됐군요’ 라고 해야 할 때 그냥 ‘안됐군요’ 라고 말해서.

부하들의 반란!

모호한 주식회사

대표 : 못 말리는 사자자리 사장.

공식 직함 : 홍보 담당 직원.

직무 해설 : 건설적인 비판과 비우호적인 조명 또는 카메라 각도로부터 사장을 보호하면서 동시에 전면 거울이 없는 단 하나의 벽에 표시나지 않게 붙어 있기.

퇴사 이유 : 두 가지 직무를 제대로 수행하지 못하서.

무의미한 주식회사

대표 : 못 말리는 처녀자리 사장.

공식 직함 : 대리.

직무 해설 : 우유, 차, 커피, 쿠키 공급 감시와 문구류 재고 관리(종이클립, 스테이플, 고무 밴드 포함), 서류 분쇄기에서 나오는 조각을 모두 다시 붙여 사장이 분쇄를 지시한 기밀 서류가 제대로 분쇄되었는지 확인한 후 시간별로 자세한 보고서를 작성하여 항상 사장에게 제출.

퇴사 이유 : 직무 해설 참조.

쓸모없는 아버지 & 아들

대표 : 못 말리는 천칭자리 사장.

공식 직함 : 사무실 장식가(비공식 직함 : 상무이사).

직무 해설 : 기업 입찰, 투매, 인수, 주식 시장 상장, 총회소집, 인사관리, 그리고 계절별 사무실 인테리어.

퇴사 이유 : 사무실의 페인트 색상을 파란색, 녹색, 빨간색 중에서 결정을 내리지 못하는 사장 때문에. 파란색은 자신의 눈과 어울리는 색이고 녹색은 예리한 사업적 식견에 맞는 색이며 빨간색은 850명 전 직원의 책상을 루이 14세 시대의 책상으로 교체하느라 주가 상승에 따른 이윤을 모두 날린 아들을 본 그의 아버지 얼굴색과 같은 색이다.

의심 많은 주식회사

대표 : 못 말리는 전갈자리 사장.

공식 직함 : 총무부장.

직무 해설 : 직원들의 비리 고발.

퇴사 이유 : 임원 휴게실에서 빵 두 개를 훔치는 모습이 폐쇄회로 카메라에 잡혀서.

멍청한 주식회사

　대표 : 못 말리는 사수자리 사장.

　공식 직함 : 신경 언어학 담당 직원.

　직무 해설 : 직원들이 제출한 각종 진단서를 모아 의료 비용 환불 파일에 정리하고 개인 건강 보험을 들고 또 구급차를 부르고 근로 수당 서식을 관리하고 사망한 임원의 유가족에게 보낼 화환 주문하기.

　퇴사 이유 : 양팔 골절, 탈장, 사장의 명령으로 참석한 '건강한 노동자가 부자된다' 세미나에 사흘 동안 다녀온 후어 뇌가 손상되어 일을 할 수 없어서.

지루한 베이지 색 주식회사

　대표 : 못 말리는 염소자리 사장.

　공식 직함 : 'y'가 들어가는 스미스(Smythe).

　직무 해설 : 내 이름이 'i'가 들어가는 스미스(Smith)이며 내가 최근에 탈옥한 엽총 강도 스미스의 조카라는 사실을 사장에게 숨기기.

　퇴사 이유 : 내가 우리 회사에 든 강도의 조카라는 사실이 밝혀져서.

수상한 세계 평화 주식회사

대표 : 못 말리는 물병자리 사장.

공식 직함 : 없음. 사장은 과장 광고나 공식 직함 등은 듣는 사람을 지배하려는 폭력적인 발상의 산물이며 도덕적 해이와 편집증을 유발한다고 항상 주장함.

직무 해설 : 최근에 유행하는 풍수 이론에 따라 사무실 전체를 재배치하려는 사장의 일을 돕겠다고 자원. 점심 시간에 코알라 의상을 입고 야생 동물 보호 운동 기금을 모으고 샌드위치 포장지와 플라스틱 요구르트 용기, 알루미늄 음료수 캔 등을 구별해서 재활용 쓰레기통에 넣는 일에도 자원.

퇴사 이유 : 위의 직무를 제대로 수행하지 못해서(그 털 많은 너구리가 멸종 위기에 놓인 동물인지 내가 어떻게 알았겠는가? 쥐라고 착각한 내가 잘못이다).

형편없는 주식회사

대표 : 못 말리는 물병자리 사장.

공식 직함 : 사무 보조원

직무 해설 : 현관에 있는 고무나무 화분이 죽은 일부터 다우존스에서 회사의 주식 시세가 하락한 것까지 실패한 모든 일에 대

부하들의 반란!

한 책임을 사장 대신 지기.

퇴사 이유 : 내 덕분에 회사가 망했다고 말하는 사장 때문에.

같이 점심이나 먹읍시다. 메뉴는 당신이
선택하십시오.

아침에 출근하니 책상에 이런 메모가 붙어 있다. 사장의 필체다. 대단한 일이라고 생각한다. 이건 아주 큰 건이다. 승진과 관계된 일이 아닐까? 어쩌면 벤츠를 모는 사장의 친구들과 함께 골프 모임에 초대될지도 모른다. 당신은 염소자리다. 궁금해서 참을 수가 없다.

그러나 위험이 없지는 않다. 식당을 잘못 고르게 되면 사장은 당신의 취향이 촌스럽다고 여길지도 모른다. 그래서 싸구려 옷을 입고 아직도 스파이스 걸스가 멋지다고 여기는 사람들로 가득 찬

북부의 어떤 위성 도시로 발령을 낼 것이다. 메뉴는 당신의 선택이라는 말은 테스트가 분명하다.

그러나 당신은 그냥 걱정만 하지는 않는다. 당신은 염소자리며 아는 것이 곧 힘이라고 믿는다. 사장의 별자리를 아는 당신은 『사장과 대화를 잘하는 법』이라는 지침서를 휴대하고 다니며 잘 이용하기만 하면 된다.

못 말리는 양자리 사장

식당 : 사장이 분명 웨이터를 심하게 모욕할 것이므로 두 번 다시 가지 않을 어떤 곳.

메뉴 : 막대기 빵은 양자리 사장의 손에 들어가면 치명적인 무기로 변하므로 피한다.

음료 : 와인 한 박스. 박스 재질은 안주를 빨리 가져오지 못한 웨이터에게 던질 때 큰 상처가 나지 않도록 골판지가 적당하다.

대화의 주제 : 사무실의 모든 의자에 전기를 연결함으로써 생산성을 25퍼센트 향상시킨 사장의 업적.

피해야 할 주제 : 당신의 엉덩이에 생긴 감전으로 인한 상처.

대화를 시작하기 좋은 말 : '사장님, 말씀하십시오. 제가 듣겠습니다.'

못 말리는 황소자리 사장

식당 : 황소자리 사장은 평범하고 실속있는 전통 식당을 좋아
한다. 지나치게 고급스러운 메뉴나 화려한 장식은 못미더워한다.

메뉴 : T본 스테이크, 양고기튀김과 베이컨, 감자튀김, 토마토
소스 등 제대로 요리한 전통적인 음식.

음료 : 황소자리들이 모두 좋아하는 음료는 전통주나 독한 술
이다. 데워서 간단한 안주와 함께 마시는 것도 좋아한다.

대화의 주제 : 현대 사회의 도덕적 해이, 지나간 젊은 시절, 일
하지 않으면 굶어야 하던 그 시절, 국방에 대한 소극적인 시각에
대한 비판, 국방의 의무.

피해야 할 주제 : 사장의 윗입술과 코 주위에 묻은 하얀 거품.

대화를 시작하기 좋은 말 : '사장님의 무전기를 업그레이드하
셨군요. 새로 나온 작은 휴대폰들은 정말 쓸모가 없지요.'

못 말리는 쌍둥이자리 사장

식당 : 음식이 2분 안에 나오는 패스트푸드점.

메뉴 : 별로 상관이 없다. 일단 음식을 주문하고 나면 무엇을
주문했는지 잊어버리기 때문이다. 플라스틱으로 만든 만화 캐릭
터 인형이 포함된 어린이 메뉴가 나오면 주문한 메뉴에 대해 조
금 오랫동안 생각할지도 모른다.

부하들의 반란!

음료 : 한 번 만에 바닥까지 비울 수 있는 음료가 아니면 사장은 눈길도 주지 않는다.

대화의 주제 : 무슨 주제든지 30초마다 바꾸기만 한다면 상관없다.

피해야 할 주제 : 사장이 먹고 있는 미니 피자를 잘라서 사람들에게 조금씩 나눠 주고 싶다는 생각.

대화를 시작하기 좋은 말 : '제 생각에는… 저를 보자고 하신 이유가…' 라는 말로 사장의 기억을 되살려 준다.

못 말리는 게자리 사장

식당 : 칸막이가 있는 어둑어둑한 식당이라야 사장이 마음 편하게 식사를 할 수 있다.

메뉴 : 호박죽 또는 모든 재료가 범벅된 음식은 피한다. 호박죽은 메리와 보낸 즐거웠던 여름을 떠오르게 하며, 재료가 범벅이 된 음식을 먹으면 사장은 방귀를 뀌므로 피하는 편이 좋다.

음료 : 럼주, 진, 위스키 등 눈물이 나올 만큼 독한 술은 모두 피한다. 샴페인이 기분을 띄우는 데는 그만이다. 단, 헬렌과 마지막으로 마신 바로 그 상표를 사장이 보기 전까지만이다.

대화의 주제 : 날씨 이야기처럼 일반적인 주제들에서 벗어나지 않는다. 날씨 이야기를 나누다가 아주 좋아하던 제인을 추억하며 사장의 얼굴이 어두워지더라도 그건 어쩔 수 없는 일이다.

못 말리는 사장을 이기는 방법!

피해야 할 주제 : 날씨 이야기 외의 모든 주제.

대화를 시작하기 좋은 말 : '예, 맞습니다. 열세 번이나 실연당하셨다면 견디기 어렵지요. 제게 동생이 있는데 한번 만나보시겠습니까?'

못 말리는 사자자리 사장

식당 : 거울이 아주 많이 붙은 곳. 하지만 댄서들이 테이블 위에서 춤추는 클럽은 피한다. 대부분의 사자자리 사장들은 옷을 벗고 진정한 춤이 무엇인지 보여주고 싶은 유혹을 이기지 못하기 때문이다.

메뉴 : 기호와 관계없다. 사장은 그저 자신의 불어 실력을 자랑하기 위해 음식을 시킨다. 가끔 걸쭉한 소스를 끼얹은 제라늄 64) 튀김도 먹을 만하다는 사실에 놀랄 것이다.

음료 : 퍼포먼스를 곁들인 음료. 예를 들면 긴 잔에 마시는 맥주, 불타는 람보르기니, 웨이트리스의 가슴 굴곡 사이에 끼운 캔 맥주 등 선택은 사장이 『위대한 개츠비』의 F. 스콧 피츠제럴드나 『섹스 앤 시티』의 캐리와 헨리 8세 중에 누구를 좋아하느냐에 따라 달라진다.

대화의 주제 : 사장 자신.

---

64) 관상용 및 식용으로 쓰이는 식물로 꽃이나 잎을 그대로 샐러드나 케이크에 향을 내거나 장식할 때 쓴다

부하들의 반란!

피해야 할 주제 : 당신 자신. 혹은 베티 데이비스(1950년에 상영된 흑백 영화 『이브의 모든 것(All About Eve)』의 내용 전처를 다시 듣고 싶지 않다면).

대화를 시작하기 좋은 말 : '사장님처럼 멋쟁이 신사께서 이런 곳에서 하실 말씀이 무엇인지 궁금합니다.'

못 말리는 처녀자리 사장

식당 : 인터넷 카페. 방대한 데이터베이스를 가지그 요리를 만들며 완벽한 계산서를 제공하는 곳.

메뉴 : 완벽한 주방 물품 재고 목록과 지난 2년간의 결산 보고서. 처녀자리 사장이 당신의 외모를 유심히 훑어보겨라도 모른 척하는 편이 신상에 이롭다.

음료 : 주류 회사에서 판촉 행사의 하나로 자사 제품을 여섯 잔 이상 마시는 사람에게 T셔츠를 주는 일이 가끔 있다. 그리고 그들이 요구하는 양식을 작성하면 회원 혜택을 주기도 한다. 처녀자리 사장들이 아주 좋아한다.

대화의 주제 : 새로 개발된 회계 업무 절차나 새로 나온 멋진 링 바인더 서류철

피해야 할 주제 : 사장의 건강. 결코 끝나지 않을 주제다. 또 대화를 녹음하면서 몰래 시계를 보는 이유를 물으면 실례다.

대화를 시작하기 좋은 말 : '복식부기를 개발한 사람이 저의

못 말리는 사장을 이기는 방법!

먼 친척 됩니다.'

못 말리는 천칭자리 사장

식당 : 주요 TV 방송국과 모델 에이전시 건물 사이에 위치한 매우 세련되고 초현대적인 이탈리아 레스토랑.

메뉴 : 수플레와 셔벗. 맛은 실내 장식과 비례한다.

음료 : 갈리아노[65]. 크리스천 디오르가 가장 좋아하는 음료라고 귀띔하면 좋다.

대화의 주제 : 의문 부호로 끝나거나 어려운 이야기만 아니면 무엇이든 괜찮다. 와이셔츠의 디자인이나 브랜드를 칭찬하면 아주 좋다.

피해야 할 주제 : 사업, 정치, 종교, 기성복.

대화를 시작하기 좋은 말 : '코코 샤넬이 제 어머니의 친구였어요.'

못 말리는 전갈자리 사장

식당 : 사장의 '사업상 친구' 들인 아첨꾼들이 운영하는 식당들.

메뉴 : 사장이 원하는 메뉴를 빨리 주문한다. 그리고 늑장 부

---

65) Galliano : 아니스 향이 나는 달콤한 맛의 황금색 이탈리아 산 리큐르

부하들의 반란!

리는 웨이터를 먼저 나서서 혼내준다.

음료 : 지하 저장실에서 가져온 특별한 적포도주. 웨이터에게 서두르라고 말한다.

대화의 주제 : 지나간 좋았던 시절. 숫자 게임. 34세인 당신의 누나가 아직 숫처녀이며 어머니는 정숙한 여인의 토본이라는 사실.

피해야 할 주제 : 사장의 입속에 있는 이상한 물체. 그것은 빠져나온 탈지면 뭉치였다.

대화를 시작하기 좋은 말 : '저의 부친께서 존 고티[66]와 사업을 시작했었다는 사실을 아십니까? 새로운 탄약통을 개발한 것도 제 부친이었죠.'

못 말리는 사수자리 사장

식당 : 시골에 있는 음식점. 주문할 고기를 직접 골라 올가미를 던질 수 있는 곳.

메뉴 : 물론 쇠고기요리. 사수자리들은 닭이나 잡으면서 시간을 낭비하지 않는다.

음료 : 포도당이 많이 든 스포츠음료. 음식을 먹는 사이사이에 들짐승을 좇아 식당 주위를 뛰어다니려면 술에 취해서는 안 되기 때문이다.

---

66) John Gotti : 미국의 유명한 폭력 조직의 보스.

못 말리는 사장을 이기는 방법!

대화의 주제 : 사장이 얼마나 능숙하게 올가미를 다루었는지, 그리고 빠르게 달리는 말 위에서 목표물과 여섯 살짜리 소녀를 구별하기가 얼마나 어려운지에 대해.

피해야 할 주제 : 당신이 잘 가는 선술집에서 말갈기처럼 보이는 물건을 발견했다는 사실.

대화를 시작하기 좋은 말 : '저희 형님이 한 손을 뒤로 묶고 에베레스트 산을 오르기로 결심했답니다.'

못 말리는 염소자리 사장

식당 : 부유한 권력자들에게만 허락된 비공개 클럽(염소자리인 당신은 물론 입장을 허락해 줄 수 있는 그곳 직원을 안다).

메뉴 : 옆자리의 주교가 시킨 메뉴.

음료 : 주교가 마시는 음료가 아닌 것. 성찬식 포도주는 끔찍한 맛이므로 익숙해지기 전에는 마실 수 없다.

대화의 주제 : 관계없다. 사장은 다른 손님들의 대화를 엿듣느라 당신과의 대화에 신경 쓸 겨를이 없다.

피해야 할 주제 : 불확실함. 사적인 이야기를 할 필요는 전혀 없다.

대화를 시작하기 좋은 말 : '우리는 헤어 스타일이 같군요. 가운데 가르마를 타는 사람끼리 친하게 지내기로 하죠.'

부하들의 반란!

못 말리는 물병자리 사장

식당 : 영혼의 양식인 자연 채식 유기농 건강식 레스토랑과 베다 명상 센터.

메뉴 : 당신이 먹고 싶은 것이 혹시 있다면 그것. 재료가 무엇이 됐든 이상한 연갈색 죽은 이상한 연갈색 죽일 뿐이다.

음료 : 그곳의 추천 음료인 걸쭉한 연갈색 죽.

대화의 주제 : 챠크라[67]. 당신이 감당할 수 없는 주제라면 그냥 식탁을 두드리며 미국 원주민들에게 전해지는 치유의 노래를 부른다.

피해야 할 주제 : 어제 사냥터의 오두막에서 먹은 여러 가지 고기 요리.

대화를 시작하기 좋은 말 : '저기 불상이 보입니다. 그는 우리 삼촌의 친구죠.'

못 말리는 물고기자리 사장

식당 : 웨이터들이 롤러스케이트를 타고 다니는 미국 식당. 사장이 웨이터들을 도와주는 틈을 이용한다면 당신은 즐겁게 시간

---

67) Chakras : 탄트라 철학(Tantric Philosophy)과 요가에 의하면 챠크라는 아스트랄 바디에 있는 에너지 포인트이다. 우리 몸에는 7개의 챠크라가 있다

못 말리는 사장을 이기는 방법!

을 보낼 수 있다.

메뉴 : 당신이 주문할 필요없다. 사장이 대신 주문해 주며 자신도 무언가 할 수 있다는 사실에 흐뭇해한다. 당신이 파인애플 조각을 얹은 나초[68]를 싫어하지 않길 바란다.

음료 : 가능한 한 많이 주문한다.

대화의 주제 : 당신들 두 사람이 식당 주방에서 접시를 닦고 있는 이유와 일을 잘했는데도 주방장이 마음에 들어하지 않는 이유.

피해야 할 주제 : 사장의 팔꿈치가 치킨 요리와 옥수수 수프 그릇에 빠져 있다는 사실.

대화를 시작하기 좋은 말 : '음식 값을 낼 50달러를 빌려 드리고 싶지만 아직 월급을 받지 못해서요.'

---

68) Nacho : 치즈와 칠리소스, 콩 따위를 얹어 구운 멕시코 요리

부하들의 반란!

친애하는 사장님, 축복이 가득하시길 바랍니다.

우선 요청하신 노사 관계에 대한 설문 조사 결과를 보고하게 되어 기쁩니다. 보고하기에 앞서 보고서가 늦어진 점에 대해선 죄송하게 생각합니다. 복사 용지로 쓸 이면지를 구하느라 시간이 많이 걸렸습니다 (결국 제가 직접 만들었습니다. 다 읽으신 후에 버리지 마시고 종이 수거함에 넣어주시면 여백 부분을 잘라 메모지로 만들어 드리겠습니다). 다시 한 번 죄송하단 말씀을 드리며 설문 조사 보고를 시작하겠습니다.

못 말리는 사장을 이기는 방법!

못 말리는 양자리 사장님께.

직원에게 너무 소리 지르지 않도록 노력하십시오. 사무실 내의 평화를 깨뜨리기 때문입니다.

점심 시간을 15분으로 늘리는 것도 좋은 생각입니다. 특히 직원들에게 자연 채식을 권하고 있다면 더욱 그렇습니다.

책상에 쇠사슬로 묶여 있는 그들을 풀어주시고 문을 지키는 덩치 큰 사내에게 가끔 미소를 지어달라고 부탁하는 일도 고려해 볼 만합니다.

못 말리는 황소자리 사장님께.

저와 영혼으로 소통하는 초자연적인 존재를 당신은 믿지 않겠지만 그는 당신이 좀 더 현대적으로 사고해야 한다고 말합니다. 특히 당신이 컴퓨터에 전원을 연결해 준다면 직원들은 훨씬 기뻐할 것입니다.

어쨌든 그 불쌍한 직원들을 하루 종일 당나귀처럼 부려먹는다면 펜티엄 프로세서로 일할 수 있는 힘이 남아나질 않을 것입니다.

부하들의 반란!

못 말리는 쌍둥이자리 사장님께.

일을 하면서 틈틈이 긴장을 풀어주어야 정신 건강에 좋습니다. 책상 뒤에 그물 침대를 매어두면 직원들에게 본이 되지 않는다고요? 그렇다면 명상을 해보십시오. 그러면 당신이 일을 하는 것처럼 보일 것입니다. 그리고 직원들은 자신들이 무엇인가 설명하려고 할 때 당신이 제대로 집중하지 않는다고… 여보세요? 저기요… 아, 아무것도 아닙니다.

못 말리는 게자리 사장님께.

이 보고서로 기분이 상하셨다면 죄송합니다. 그러나 화장실 밖으로 나와서 제대로 이야기해 봅시다. 허브로 만든 우울증 치료제를 파는 곳을 알고 있습니다. 원하시면 주소를 적어드리죠.

못 말리는 사자자리 사장님께.

불교로 개종하겠다는 결정은 좋지만 당신이 노란색 승복을 입고 사무실을 돌아다니며 달라이 라마라고 주장하는 바람에 직원들이 난감해하고 있습니다. 당신도 알겠지만 진짜 달라이 라마는 조립식 수영장과 사우나 시설을 판매하는 일에는 전혀 관심이 없

습니다. '이달의 직원' 사진을 액자에 넣어 전시한다는 당신의
생각은 올바른 방향이긴 하지만 한 번쯤은 당신 이외의 직원들에
게도 수상의 영광을 주어야 할 것입니다.

못 말리는 처녀자리 사장님께.

깨어나십시오! 당신의 차크라[69]를 자유롭게 풀어주세요. 직원
들에게 보다 인간적인 모습을 보여주십시오. 기네스북에 이름을
올리겠다는 포부는 좋습니다만 다음에는 좀 더 재미있는 일을 해
보십시오. 직원들은 엉덩이 마라톤에 세계 기록이 있다는 사실을
알지도 못할 것입니다. 그리고 직원들과 인간적인 유대를 나누십
시오. 직원들이 당신에게 생일 케이크를 준다는 사실은 좋은 신
호입니다. 그러나 케이크 조각을 먹기도 전에 청구서를 작성하게
하는 일은 좋지 않습니다.

못 말리는 천칭자리 사장님께.

색상 치료법이 중요하다는 사실에는 동의합니다만 『아름다운
집과 정원』의 표지 색상에 따라 매달 사무실의 칠을 새로 하는

---

69) Chakras : 동양 철학과 선도 수련에서 매우 중요시되는 개념으로 인체에 있는
생명 에너지의 중심 통로 7군데를 말한다

부하들의 반란!

일은 곤란하다고 생각하는 직원들이 있습니다. 또 그들은 당신이 지도력을 좀 더 보여주기를 바라고 있습니다.

당신이 지난번 메모에서 라임그린과 오렌지는 지난 시즌의 색상이라고 지적했을 때 직원들은 수긍하는 모습을 보였습니다. 그러나 그들의 진정한 관심사는 그것이 아니었습니다. 그들은 '하루 종일 우리는 과연 뭘 해야 하는가?' 라고 자문하고 있습니다.

못 말리는 전갈자리 사장님께.

당신은 직원들이 모두 즐겁게 일한다고 생각하는 것 같습니다. 그러나 10퍼센트의 임금 삭감에 분개하는 직원들이 상당히 많습니다. 또한 그 착한 노조 관계자를 쏘아 죽인 일은 그리 현명하지 못했습니다. 사무실에 향을 피우자는 제안을 받아들여 주신 점은 감사하게 생각하고 있습니다.

그러나 그 향을 비서의 손톱 밑에 억지로 밀어 넣은 일은 역효과를 일으킬 수 있습니다. 그리고 보내주신 돼지머리는 감사히 받았습니다. 그러나 저는 채식주의이므로 돌려보냅니다. 냄새가 좀 나기 시작했기 때문이기도 합니다. 기분 나쁘게 생각하지 마십시오.

못 말리는 사장을 이기는 방법!

못 말리는 사수자리 사장님께.

직원들은 당신이 제안한 서바이벌 훈련으로 지난 주말을 재미있게 보냈다고 말했습니다. 그들은 병원에서 퇴원하는 대로 직접 감사의 인사를 할 것입니다.

몸과 마음을 한데 모으자는 취지는 매우 훌륭합니다. 따라서 매일 비무장 전투 훈련을 하며 태권도 강습을 간간이 끼워 넣는다면 직원들의 사기가 높아지고 질병 수당의 지출이 감소할 것입니다. 사무실에 휠체어가 쉽게 들어올 수 있게 하자는 당신의 결정은 선견지명이 있었으며 시간이 갈수록 더 많은 직원들이 감사할 것입니다.

못 말리는 염소자리 사장님께.

당신은 직원들의 눈에 잘 띄지 않는다는 단점이 있습니다(물론 당신이 걱정할 일은 아닙니다). 사진 실험 결과 거의 반 정도의 직원들이 서류 캐비닛 근처 카펫에 떨어진 커피 자국과 당신을 구별해 내지 못했습니다. 나머지 반은 당신을 증발하는 수증기라고 생각했습니다. 물론 이미 알고 있는 사실일 것입니다.

최근 『X-파일』에 게스트로 출연한 일은 직원들 사이에 잘 알려져 있습니다. 질리안 앤더슨이 당신을 컴퓨터가 만들어낸 존재라고 생각했다는 사실에 직원들도 당신만큼이나 실망했으리라고

부하들의 반란!

생각합니다.

못 말리는 물병자리 사장님께.

최근의 개혁 조치들로 직장 내의 인구가 너무 많이 늘어났다고 생각하는 직원들이 많습니다. 만일 직원들이 반대 의견을 고수한다면 새로 들인 돌고래 수조는 복도로 내놓아야 할 것입니다. 사무실에 이미 들어와 있는 물개들을 그대로 두고 싶다면 말입니다.

그나마 직원들은 당신이 선물한 수공예 테라코타 아로마 오일 버너를 받고 조금 누그러졌습니다. 적어도 죽은 고등어 냄새를 지울 수 있기 때문입니다.

그러나 박하 잎을 태운다고 모든 문제가 해결되는 것은 아니라고 직원들은 말합니다. 아무래도 그와 동시에 월급도 주도록 해야 할 것입니다.

못 말리는 물고기자리 사장님께.

저는 당신이 물고기로 태어났다는 사실을 알고 있습니다. 그러나 제가 영업 목표를 달성하지 못하는 당신을 낚싯바늘에 꿰어 천장에 달아놓는다면 직원들이 불안해할 것입니다. 실용적인 태도로, 즉 일을 좀 하면서 역경을 받아들이도록 노력하십시오.

긍정적인 내용도 있습니다. 직원들은 자신의 일상 업무를 자주 도와주는 당신에게 정말 감사하고 있습니다. 그러나 실수를 할 때마다 탁구라켓으로 때려달라는 부탁만 하지 않는다면 당신의 도움을 더 기쁘게 받을 수 있을 것이라고도 말합니다.

충성스러운 당신의 물병자리 직원 올림.

부하들의 반란!

못 말리는 게자리 PD가 투덜거린다.

"후(The Who)의 마이 제너레이션(My Generation) 말이야. 다 찾아봤지만 찾을 수가 없어. ㅎ, ㅁ, ㅈ을 모두 훑어봤지만 보이질 않는군. 뭔가 잘못된 게 틀림없어."

당신은 그를 올려다보고 한숨을 쉰다. 답답한 일이다. 이 사람들은 너무나 생각이 없다. 당신이 묻는다.

"O은 확인해 보셨습니까?"

게자리 PD가 의혹의 눈초리로 당신을 보자 당신은 설명한다.

"육십 년대 말입니다."

못 말리는 사장을 이기는 방법!

당신은 이 직장에 회의를 느끼기 시작한다. 처음에는 메가 뮤직 방송국의 수석 사서라는 직함이 멋지게만 들렸었다. 그러나 그건 못 말리는 PD들 열두 명이 매일 와서 이런저런 노래를 찾으며 귀찮게 하기 전의 일이다. 그들은 사실 여기서 시간을 보내려는 것이었다. 그리고 그들은 원하는 음반을 찾는 데 항상 실패했다.

결국 당신은 3개월이 걸려서 음반 정리 체계를 완성했다. 작업이 끝나자 장님이라도 쉽게 찾을 수 있는 쉬운 체계가 완성되었다. 그의 안내견이 브루스 스프링스틴(Bruce Springsteen)의 본 투 런(Born To Run)을 알고 제목과 앨범 디자인, 발매 날짜를 기억할 수 있다면 말이다.

그러나 음반 정리 체계를 완성했는데도 여전히 못 말리는 PD들은 이곳을 찾아와서 바보 같은 질문으로 당신의 독서를 방해하거나 창틀에 놓아둔 국화 화분을 보며 상념에 빠진 당신을 귀찮게 하고 있다. 지금처럼 말이다.

"길버트 앤 설리반(Gilbert and Sullivan)의 'I am the very model of a modern major general' 로 시작되는 노래 말이야."

길기도 하다. 그리고 아주 복잡하다. 못 말리는 처녀자리 PD가 분명하다. 당신은 말한다.

"ㄱ으로 가보십시오. 군대 음악 코너입니다."

처녀자리 PD가 전자 수첩에 메모를 하고 지나가자마자 사수자리 PD가 베레모를 쓰고 『록키호러 쇼』를 흉내 내며 벌건 얼굴

부하들의 반란!

로 들어온다. 그가 엉덩이를 흔들기 전에 막아야 한다. 창가의 국
화가 위험하다. 당신이 얼른 이야기한다.

"제목은 '시대착오(Time Warp)'입니다. O에 있습니다."

"어째서?"

질문이 날아온다. 당신은 눈을 감는다. 정말 피곤하다. 개선의
여지가 보이질 않는다.

"영화클립 엿보기의 O이지요."

그 다음은 물병자리 PD다. 그가 말한다.

"영화사운드트랙을 찾다가 그걸 봤는데……."

당신은 ㄴ에 있다고 말한다. 물병자리 PD는 목에 걸린 인디언
풍의 목걸이를 만지작거리며 말한다.

"알겠네. 누드 영화의 ㄴ이군."

당신은 대답한다.

"아닙니다. 낯부끄러운 영화의 ㄴ입니다."

그는 고맙다고 말하며 자리를 뜬다. 책장을 두 페이지도 넘기
기 전에 이상하게 불쾌한 한기가 느껴진다. 눈을 들어 주위를 둘
러본다. 아무도 없다. 복사기 위에 걸린 낮은 구름뿐이다. 당신은
겨우 이렇게 말한다.

"안녕하세요, 염소자리 PD님."

그녀는 말한다.

"새로운 테마 곡이 필요한데. '신이여, 여왕을 그하소서(God

Save The Queen)'가 어떨까 하고 생각 중이에요."

"ㅅ에서 찾아보십시오."

"그럴 줄 알았어요. 수준 높은 음악의 ㅅ이지요?"

음반을 찾으러 가면서 그녀는 물었다.

사실은 섹스 피스톨스(Sex Pistols)의 ㅅ이다. 웃음을 참을 수가 없다. 그러나 참아야만 한다. 못 말리는 양자리 PD가 들어오는 상황에서 웃는다면 현명하지 못한 일이다.

그가 요구한다.

"내 노래 좀 찾아봐! 닐 다이아몬드(Neil Diamond)의 'I Am, I Said' 말이야. 도통 찾을 수가 없군."

당신이 흘러간 노래의 ㅎ에 있다고 말하려 했지만 다행히 그가 먼저 말을 이었다.

"신경 쓰지 말게. 내가 직접 녹음하겠네. 내 목소리가 훨씬 낫거든."

못 말리는 황소자리 PD가 질풍처럼 들이닥친다.

"요즘 음악은 도통 마음에 들지 않아. 유행하는 CD 플레이어도 그렇고. 음반 크기를 줄이면 남는 것은 상표뿐이야. LP 닦는 왁스는 다 어디로 간 거야?"

당신은 사태가 심각하다는 사실을 인지한다. 지난 주에 양초인 줄 알고 다 녹여 버렸다.

좋은 생각이 난 당신은 이렇게 말한다.

부하들의 반란!

“컴퓨터로 검색해 보시죠.”

옛날엔 주판만 있으면 충분했다고 항상 말하는 그에게 컴퓨터를 언급하면 효과 만점이다. 그가 투덜거리면서 바로 자리를 뜬다.

그러나 평화는 찾아오지 않는다. 방금 못 말리는 전갈자리 PD가 들어왔기 때문이다. 그가 입을 열기도 전에 당신은 말한다.

“대부(The Godfather)의 주제 곡입니다. 말론 브란도(Marlon Brando), ㅁ에 있습니다.”

그가 묻는다.

“말론 브란도 밑에는 어떤 것이 있지?”

“망가진 의자뿐이겠지요.”

그때 못 말리는 천칭자리 PD가 데이비드 보위(David Bowie)의 ‘지기 스타더스트(Ziggy Stardust)’를 흉내 내며 의기양양하게 들어온다. 그가 소리친다.

“데스티니스 차일드(Destiny’s Child)!”

당신이 종이 한 장을 내밀자 그가 묻는다.

“이게 분류 번호인가?”

“아닙니다. 제가 아는 정신과 의사의 전화번호입니다. 저쪽에서 찾아보십시오.”

“어디 말인가?”

“삐걱거리는 오른쪽 선반입니다.”

그는 이해하지 못한다. 불쌍한 사람. 거긴 구닥다리들만 모여 있는 곳이다.

방금 들어온 못 말리는 사자자리 PD도 전혀 변하지 않는 사람 중의 하나이다. 그는 선셋대로(Sunset Boulevard)의 유명한 곡을 부르면서 손 동작까지 완벽하게 재현하며 들어온다. 그리고 가사를 일러준다.

"Ask me if I know your mother."

또 시작이다. 당신은 이를 갈면서 그가 하라는 대로 한다. 그가 소리친다.

"틀렸어. 하지만 시작 부분을 허밍으로 하면 무슨 곡인지 알 수 있을 거야."

당신은 이럴 때를 대비해서 녹음해 둔 박수 소리 테이프를 재생시킨다. 사자자리 PD는 미소를 짓고는 인사하고 눈물을 닦으며 다시 인사하고 국화 화분을 가슴에 안고 고맙다고 말하며 다시 인사하고 사라진다. 공연은 끝났다.

이제 못 말리는 물고기자리 PD만이 남았다. 놀랍다. 지금쯤은 그가 나타나서 제임스 타일러(James Tylor)의 'You Got A Friend(막연히 지겨운 곡의 ㅁ)'나 칼리 사이먼(Carly Simon)의 'Nobody Does It Better(느끼함의 ㄴ)', 빌리 조엘(Billy Joel)의 'We Didn't Start The Fire(역시 ㅁ. 멈춰주세요, 제발)'를 찾아야 한다. 그러나 아직 조짐이 보이지 않는다. 당신은 슬며시 미소를

부하들의 반란!

짓는다. 이제야 좀 조용히 쉴 수 있게 되려나 보다.

전화가 울린다. 물고기자리 PD다.

"지금 신입 라디오 아나운서를 도와주고 있는데 실수가 너무나 많군. 그런데 녹음기 릴에 감긴 넥타이를 어떻게 푸는지 아나?"

당신은 못 알아들은 척하면서 잠시 동안 머리를 굴리다가 좋은 생각이 나자 이렇게 말한다.

"잘 모릅니다만 국화 한 단을 사다주시면 생각이 날 것 같은데요."

못 말리는 사장을 이기는 방법!

감사의 말

제인 버리지(Jane Burridge), 앤 듀이(Anne Dewe), 토머스 듄 (Thomas Dunne), 그리고 우리들의 노력이 결실을 맺고 엄청난 인세를 받도록 해준 모든 사람들과 함께 일하기가 끔찍하던 분들에게 감사드린다. 그들이야말로 이 책을 쓰는 데 영감을 준 사람들이다. 누구인지는 자신들이 잘 알 것이다. 만약 모른다면 이 책을 읽어보도록 권한다.

책을 쓰는 과정에서 지지와 격려를 아끼지 않은 삼 카일리 (Sahm Keily), 수지 라자(Susi Rajah), 카린 지그프리트(Carin Siegfried)에게 특히 감사드리며 데스티니스 차일드(미국의 여성 3인 조 팝 가수이다)에게도 정말 감사드린다. 만약 그들이 없었다면 머라이어 캐리를 인용해야 했을 것이다.

부하들의 반란!

초판 1쇄 찍은 날 § 2003년 11월 10일
초판 1쇄 펴낸 날 § 2003년 11월 20일

지은이 § 아델 랭 / 앤드류 매스터슨
펴낸이 § 서경석

편집장 § 문혜영
편 집 § 김희정
마케팅 § 정필 · 강양원 · 이선구 · 김규진 · 홍현경

펴낸곳 § 도서출판 청어람
등록번호 § 제1081-1-89호
등록일자 § 1999. 5. 31
어람번호 § 제3-0018호

주소 § 경기도 부천시 원미구 심곡1동 350-1 남성B´D 3F (우) 420-011
전화 § 032-656-4452 팩스 § 032-656-4453
http://www.chungeoram.com
E-mail § eoram99@chollian.net

ⓒ 아델 랭 / 앤드류 매스터슨, 2003

값 8,500원

ISBN 89-5505-876-4 03830

상대를 한눈에 꿰뚫는다!!

■ **한눈에 상대방의 심리를 꿰뚫어 보는 법**

캄바 와타루 지음 / 김진수 옮김 | 값 8,000원

궁금하지 않나요?

상대가 어떤 사람인지, 나를 어떻게 생각하는지.

알고 싶지 않나요?

자신의 행동이 타인에게 어떻게 비치는지.

바라지 않나요?

보다 예쁘게, 좀더 멋지게, 한층 더 의미 있게,
상대에게 다가가기를.

사소한 말과 동작에 나타나는 상대의 복잡한 심리!
간단히 파악하고 절묘하게 이용하여 처세의 달인이 되자!

도서출판 **청어람** www.chungeoram.com ● TEL : 032-656-4452/54 ● FAX : 032-656-4453 ● Email : eoram99@chol.com